一名诗人
一条河

萧山区美丽办（治水办） 编

浙江工商大学出版社｜杭州
ZHEJIANG GONGSHANG UNIVERSITY PRESS

图书在版编目(CIP)数据

一名诗人一条河 / 萧山区美丽办(治水办)编. —
杭州：浙江工商大学出版社，2022.10
ISBN 978-7-5178-5139-4

Ⅰ. ①一… Ⅱ. ①萧… Ⅲ. ①诗集-中国-当代
Ⅳ. ①I227

中国版本图书馆 CIP 数据核字(2022)第 177849 号

一名诗人一条河
YI MING SHIREN YI TIAO HE

萧山区美丽办(治水办)　编

责任编辑	张晶晶
责任校对	韩新严
特约编辑	李大军
封面设计	朱嘉怡
责任印制	包建辉
出版发行	浙江工商大学出版社
	(杭州市教工路 198 号　邮政编码 310012)
	(E-mail：zjgsupress@163.com)
	(网址：http://www.zjgsupress.com)
	电话：0571 - 88904980,88831806(传真)
排　　版	杭州大漠照排印刷有限公司
印　　刷	杭州丰源印刷有限公司
开　　本	880mm×1230mm　1/32
印　　张	6.75
字　　数	156 千
版 印 次	2022 年 10 月第 1 版　2022 年 10 月第 1 次印刷
书　　号	ISBN 978-7-5178-5139-4
定　　价	68.00 元

目 录

楼塔溪：一溪云水，沤开千年炊烟（组诗）

陈于晓

◇一卷仙岩，在溪水中灵动

这一刻，仙岩山的鸟鸣
还能唤出东晋的鸟鸣吗
抑或，这一声鸟鸣，依然亲切
抑或空灵进许询的玄言诗

这一刻，楼塔溪的水雾
粼粼的波光，以及一些取自
天空的云影，都是很轻盈的那一种
它们正在替仙岩山，制造光阴里的仙境
或有那隐居的茅庐，若隐若现
在茅庐中出入的，正是许询先生吗

我不问诗，也不问隐。山中可有酒
山中的酒，有时是溪水酿的
有时是诗篇酿的，更多时是心境酿的
我喜欢烟火酿的那一种
最美妙的仙境，其实离人家更近

茅庐之上,升起的那一缕炊烟

仍保持着楼塔溪人家炊烟的模样

只是住在山中,大抵可以不问流年

冬夏复春秋,许询先生头顶的那一轮

明月,一会儿把烟火冲淡了

一会儿又淡入烟火之中

◇一仙岩的百花,氤氲在溪光之中

那个身影,是王勃吗? 在楼塔溪

我是在恍惚之间邂逅的

很多年后,立溪滨的巍巍怪石

是依然扎根在王勃的字里行间

还是已在一年又一年的

花落花开中,愈走愈远

那钓者,是慕名路过楼塔溪的诗人

还是溪畔的渔和樵? 春风

是楼塔溪的春风,秋月

是仙岩山的秋月

酒是必需的,最好是浊的那一种

溪水流,清澈的溪水长长地流

那钓者,终究把自己钓成了楼塔溪的

一尾鱼,或者仙岩山的一粒影子

溪水长长地流,溪水也缓缓地流

缓缓流动的溪水,替祠堂或者寺庙
叙述着往事与流年
古今多少事,一些沉淀在大地上
一些沉淀在回忆里
更多的,已被流水或者船只带走

仙岩岁岁,在山上,在山下
借氤氲的百花,为楼塔溪唤来一个春

◇重兴寺的香火,被水声滴湿

从楼塔溪的溪水中,我还可以
打捞出一座旧年的重兴寺吗
流淌着的事物,总会在流淌中重生

如今,清风吹动着草木
草木覆盖了遗址。只有风中送来的
仿佛还是经声。如果取不出
时光里的香火,不如向山下人家
借一炷炊烟,我以为炊烟一旦
入了佛家,就是袅袅的香火了

遗址间的一口古井,总会在
安静的时候,说些什么
如果我能听懂,也许就可以
道破一些岁月的秘密,但现在

我相信穿过这口井
是可以抵达楼塔溪的,这井中
藏着的肯定也是溪水之声,当你
翻动着记忆中的重兴寺
这一粒粒的溪水,就把香火滴湿了

每一炷香火,那飘荡着的样子
像极了一小截的楼塔溪

◇听见细十番

不知道是因了细十番
楼塔溪才淌出了很江南的韵味
还是因了楼塔溪,细十番中
总是浸润着湿漉漉的水谣

听见细十番,总觉得这悠扬的旋律
像是秧苗在青绿的风中起舞
偶尔还会有一些蛙声,像不经意间的
天籁,从笙、箫、笛、琵琶、二胡、
中胡、三弦、月琴、古板……
一声声婉转悠扬地漏出来,当然
所有好听的声音,都可以叫天籁

在楼塔,听楼塔细十番
这十番,或许是楼塔溪演奏的

老桥、石头、流水、山光、水影、
花朵、小草，以及蝴蝶、鸟儿……
有的以"坐姿"，有的以"行姿"
将一曲细十番，吹送到家家户户

这是"江南丝竹"的空灵
丝是溪水的旖旎，竹是楼塔的清秀
听见细十番，也就听见了
溪水两岸参差的人家

◇溪水入药，疗治民间

仙岩山间，仙家在传说中采药
楼英在《医学纲目》中采药
采药人，在山之深处，在白云起处
把身影提炼成"仙风道骨"
但隐居在旧年的诗人
只采清风、白云和月光
我也可以采药吗？仙岩遍山草木
连同风声、雨声和脚步声，皆可入药
但我只采两朵，一朵心旷，一朵神怡

只是你的所采，或者都必须
掺入楼塔溪水，溪水是最有灵性的
溪水入药，可疗治身体
而潺潺和淙淙，这些溪流之吟咏

则可养育心灵

喝溪水长大的楼英,将一条楼塔溪
调制成了一部药书和一剂剂中药
清澈的溪水,滋养了楼塔人家
也潮湿着行医人走家串户的时光
这奔波的身影,终究是带着乡愁的
这是民间的楼英,这是望闻问切的楼英
一年又一年,他还在为楼塔溪把脉吗

◇一溪云水,洇开千年炊烟

望家桥、中祠堂桥、前溪桥、廊桥……
一桥一桥地数,数到洲口桥
光阴斑驳了岁月！穿过洲口桥
我所隐身的一卷水墨,就是楼塔老街

路是旧的,街市是旧的,巷弄是旧的
或者是修旧如旧。只有红灯笼
是新挂的。那些在老桥上乘凉的人
此刻,还会在老街的深处
摇动芭蕉扇吗？跑来跑去的孩子
还会捡回我儿时弄丢的那一首童谣吗

"四围山色九曲溪,半是仙源半是城"
这老街,该是楼塔溪最深情的一曲回眸

流水叮咚,把心啄得很远
林立的商铺,氤氲的烟火,把生活拉得很近
打开一把老锁,我还能打开千年的熙熙攘攘吗

一溪云水,湿漉了一卷旧画
沤开千年炊烟,楼塔溪哗哗流淌
说出的是蒸蒸日上的梦境

江南的春天，是长在一滴水里的（组诗）

黄建明

◇一条可以隐居的河

在萧山，可以隐居的河
一定是永兴河
百药山上有重兴寺
传说许询在此羽化成仙

"初唐四杰"的骆宾王
在骆家舍隐姓埋名
为后世留下了不尽的诗作

隐居者最后都成了仙
永兴河也随之成了江南的眼睛
在这样的河边
泡一杯香茶，静静地瞭望
似乎能看到
诗经女子出嫁后的愁思

◇河上老街

广福寺的和尚到河上开店

当地人称之为"和尚店"
一千四百多年的野趣
让久在樊笼里的都市人
复得返自然

徐同泰的酱油
被一个叫魏风江的年轻学子
带到了印度
这种中国最有味道的液体
使泰戈尔的胡子
也从此有了文明的味道

老街的灵魂在于井泉
井泉的灵魂在于水
看老人舀水喝
灵动的青春也不曾远去

寺庙早塌
和尚已逝
一条龙在纸上飞奔

◇在里都,有一位谢皇后

望故乡、望坟茔、望祖宗
还要望出嫁的女儿
这是八百年前的谢皇后

一名诗人一条河

不曾料到的喜事

观马灯舞蹈、踩高跷
吃清明团子、竹筒饭,爬山挖笋
里都村的绿色像是一种原始的奇妙结合
每一分都在努力向上

里都的谢皇后听风听雨
只为原乡的清明
因为只有在这一天
她才可以作为一个女儿
为亲人祈福

里都的谢皇后
八百年过去
依然竖立在村口
依然青春靓丽
流经村口的永兴河
此时此刻,一定是
充满庸俗的目光

◇萧山第一漂

江南的春天
是长在水里的

不信,你在三联村

就能看到水在江南的春天

如何在石头之间偷欢

为你的夏日,增添茶余饭后的笑谈

春天的三联村,像一个顽童

带着一股调皮的野性

恣意地蔓生着盎然的绿意

甜蜜从一个枝头飞向另一个枝头

在不经意间,阳光被植入心田

暮春,去三联村赏水

一定会让你耳目一新,欣喜一番

一定会让春天

在一滴水中长大

◇道林山

当许询在楼塔筑寺采药时

他的好朋友支遁

在不远的金坞山中讲授

庄子的《逍遥游》

支遁怎么也没想到

他追求的"心隐"

追求山水之间的静心寡欲

一名诗人一条河

成为后人徜徉于山水、清谈、诗酒之间
的绝妙风流

道林山下的金氏族人
一直遵循祖先"活金死刘"的习俗
用背马纸罗伞
送归
以期能东山再起

走进旧时光里
道林山像一枚明前茶
能喝也能吟
不知道支遁有没有喝上
这百里挑一的好茶

一片竹海,一座寺庙
五座老宅,风雨沧桑千年
还是那宅子,还是那古树
流淌出比邻繁华
真想在这里做一回农夫
让冲动也能够油然而生

有条溪流叫凤坞（组诗）

许也平

◇关于凤坞溪

传说在远古,龙门山的凤凰

展翅往东,迎着霞光

停驻在山涧的一棵大树上

从此,人们聚焦在这里

落地生根,生儿育女

多年后,人们称这块土地

叫凤凰坞

那一年,干旱的土地上

开裂出一条小溪

一股细流涓涓流出,汇成清泉

◇苍坞水库

仿佛所有的雨水

都在这里聚焦

仿佛所有的日光

都在这里交汇

在苍坞水库,风吹过竹林

律动的涛声
像水流一样,涌动不息
而这一弯秀山碧水
仿佛停滞在时光的溶洞里

◇银杏树落下金黄的叶子

银杏树落下的金黄叶子
铺满地面,阳光从树枝间
散射成星芒的样子
这时候,时光依稀回到从前
回到战火纷飞的岁月

从县政府旧址到美军驻地旧址
从新四军烈士墓到抗战纪念馆
从战壕遗迹到中美合作纪念馆
每一片叶子,都记载着一条信息
在时空的长廊里回响不停

◇河上板龙

河上的板龙,是一个由感恩
引发的集会
据传,南宋绍兴二十九年
遍地饥荒,民众叫苦连天
那时,谢村(里都)广福寺和尚

将豆腐、果蔬运至永兴河边
施舍众生
后来,每当节日
人们用普通的板凳
装饰成传说中的龙的模样
载歌载舞,纪念善良

◇紫云仙境道观

紫云仙境是一座道观
红墙、黑瓦,在凤凰坞的山上
俯视众生
山泉、鸟鸣、鲜花
在阳春三月里竞相展示

季节总是在
时间的维度上更替变换
只有路边的松林
远处的村庄
在群山的环抱里日新月异

桃花坞边的月亮河（组诗）

朱华丽

◇一

暮色沉沉，月从河中起
端然半空
在郁家山下，又随晚风
斜挂上云峰，在远处
笼着淡淡的月辉
隐约的鼾声，是湿漉漉的施家河

窸窸窣窣，苜蓿结着草籽
树梢边的杂花，开放在河的梦里
它的梦境摇摇晃晃，向着
四周黑黢黢的山
再做一个桃花般的梦

有一声圆润的响，以及
如丝如缕的香
蹑手蹑脚，停在河边
轻轻潜入桃花坞
梦也丰盈起来

一队姓郁的外乡人啊,停留
一路风尘倒进月亮河
郁家山下的族谱,厚了起来
燕子从山中飞过
颠沛地奔波,永久安置进燕窝山

◇二

一片晚霞落入
河中
一朵桃花落入
河中
一轮明月落入
河中
那一瞬间
寂静的山坞有了一声脆响
桃花坞,热闹起来
月亮河畔交头接耳
发生过的旧事
经过每一轮叙述
又焕然一新

◇三

如果一条河是一首诗
那么我相信,眼前的月亮河

肯定

是抒情诗里的情歌

每一行都无比柔软,像女人眼底的波

行走,在桃花坞或明或暗的树荫

带着花草的香气,山间露水的晶莹

与白鹭引颈而望

奔流的情感,又无比激越

是郁公堤长长的吟诵

在湖心岛短暂的停顿

河东民居

西岸农田

还有富阳山脚吹来熟悉的风

汇聚,美好的意象

花神庙的祈福,降一场漫漫的雪

即使无所事事

静守数月,也还怪山中岁月短

◇四

古灯影里的木雕

木雕上龙门之外的鲤鱼

蠢蠢欲动着

香火散去的窗棂

鲤鱼跃入水中

水中的游弋

伴随着时光的流转

转入山峰林立的云

一把火,升腾

老街消遁

幸存的一段墙门

卧着一段木雕

突然,鲤鱼的眼珠转动

又跃入月亮河

只剩,岸上空空如也的半截木雕板

◇五

燕子,飞向远方

燕子窝还在原地

它们,要出走很久很久吧

村民们开始想念

待树枝冒出新绿,美人蕉开始娇羞

它们就回到燕窝山

盘旋在月亮河边

就在郁家山下

从离开那天,你我便算起了归期

张家河
——故土之歌(组诗)

黄依童

◇**序　曲**

并不知晓
此水和彼水的愁怨
从大禹时代启航
到来与离别之人
的陈述,把岁月之痕
浅吟轻唱

"路途遥远,我将此梦
"困于囊中,月光如水,水满山间
"河流之名,百般幻化
"炊烟墟里,轻絮若雪,雪落心头
"张家河畔,捣尽青衫声
"平桥恨处,也怜华叶衰
"为何光阴如此温和,却使人焦急
"为何我在天地如此渺小,又被思情所眷"

"土地诞生于花骨朵儿的一脉
"乡间之路布满礼冠"

◇故乡之景

我惊异于桃花的绽放
在黄昏与蓝天的交织中
两种相斥的色彩如此柔软
我于异地生出故乡的心意

遥想春天:杜鹃与芸薹
大罗伞树与二月兰
粉黛乱子草花海随风
飘荡在少女的眼睛里
九峰山下,杨家池旁
汀州灿烂一片——
面对青涩的远方
我赠之以花环

仿佛是镶嵌在毛绒毯上
的三颗宝石:一汪静静的清水
一片细腻的鲜艳,一间粉墙黛瓦的居所
这足以让我晕眩
在一场冥想又真切的旅程中
五十首轻柔的歌曲
激起河水内心的涟漪

◇荣光:一对农耕父子

那里曾传颂着

荣光弥足珍贵,一对农耕父子

就享有这样的美名,他们

两代务农,勤勉劳作

淳德厚行,躬行孝道

在市井烟火的张家河畔

掀起仁孝之风

让平凡之人名垂青史

确实有不平凡的意义

河畔经年的烙印也这样诉说着

那位曾在张家河蜗居的圣人

将美德归功于河水的滋养

以温和之态净化顽劣之心

农耕父子也能深深影响历史

就像水能影响生命

◇郭汉城故居

一个人能够回到故乡有两条路

一条是父母

另一条是祖居

百岁郭老是幸运的

还有回故乡的路可走
这条故乡的路
郭老走了百年

再过一百年
这条故乡的路哟
依旧在等待远方的叶子

清明觅迹东周河（组诗）

颜林华

◇"东西周"

从远古的清明,穿越而来
翩然而至的,不只是我
还有眼前的,东周与西周
她们的骨子里,始终与底蕴挂钩
哦,从历史中走来的"东西周"
创造了,专属于自己的历史

十里东风,秀水一村
这里便是,梦中的江南
一条"之"字形流淌的河流
无声地滋养着,两岸的乡民
哦,孕育百姓的东周河啊
莫不是,源自史书上的东周与西周

◇百花香

静谧的村道,蜿蜒盘旋着
圈成了一个硕大的容器
那些造型别致的民居

恰似容器壁上,立体的造型
青砖黛瓦下的白墙上
开出了一朵朵,绚烂的五色花

微风吹皱的水面
荡漾着春的气息
鼻翼里,充斥着杂糅的清香
一定有人,打翻了调色盘
抑或是,撒下了百花种
从天上望下来,该看到五彩的翡翠杯

◇乌篷船

柳荫下,静默的乌篷船
痴痴地望着远方
呼啸而过的列车
究竟,奔向了何方
留下寂寥的杭黄铁路
枕着东周河,入眠

美丽的浣纱女,她曾来过吗
或许,她坐过眼前的石凳
柔柔的波光里,尚存余温
她乘着船,远离了江湖
东周河上的乌篷船里
正酝酿着,一个美好而古老的梦

临浦峙山河（组诗）

陈利萍

◇十四岁的田野

嗨,小少女们
还记得那个夏天吗
我们像一群刚长大的雀鸟
相约来到临中校园郊外
一块迷人的田野

这是小镇最迷人的傍晚
白天的喧闹已经消失
而夜里那种死寂的静,尚未来临
初夏的微风从河面吹来
田地间绿油油的水稻,正在生长
我们走在田埂上
哼着齐秦的歌
说着学校里发生的事
也说着,此行光荣伟大的任务

绵长的河流一如既往
河面驶来突突突的柴油机船

河水的味道,河水拍击岸壁的声音

泥土和炊烟的气息

还有,我们身上漂亮的——

粉红色乔其纱衬衣

藏蓝色富春纺及膝裙

纯棉系扣子的背带学生裙

短短的牛仔裤下

裸露的腿有多么好看

我们穿着人造革的包头凉鞋

穿着塑料拖鞋

跨过蚯蚓和它们的屎

跨过螳螂停歇的草尖儿

我们一步一跳,一步一旋转地走进

平时难得来到的小镇田野

这是我喜欢的傍晚六点

喜欢的落日正慢慢下沉,变红

风吹在脸上令人满足得想闭上眼睛

我们正在掩护和作陪一个早恋的同学

她要和高一级的男生进行人生第一次的约会

我们和她一起激动和兴奋

但没有她的羞涩与不安

当我们远远看到那个俊秀的男生

嘻嘻哈哈把她往前一推

就完成了任务
甚至都不想窃听他们说话

天色完全暗下来的时候
我们零散地坐在河边石头上
扯着草根,无聊地摘着野花
有人说:他们会不会一夜都不回家了呀
我说:不会吧,外面蚊子很多
说完响亮地拍了下招蚊的胳膊

这是二十世纪八十年代末的一个傍晚
我们十四岁,初中二年级
女主角是陈××
执行任务的有:杨××,韩××,我

◇西江塘 38 号

那是一生中最快乐的时光
不会重来了,永远不会
当那朵清晨盛开的喇叭花
掉落在幼小的肩头
我就知道了

有些美好
在经历的当时就能感觉
它的唯一,它的短暂

它的珍贵与无奈

长长的西江塘
依偎着内河中最繁华的一段
两岸居民在日出日落中遥望知悉
又在小镇的某个转角相逢致意
那时的河流清澈平静水势舒缓
即使通航依然令人想到"碧波微澜"一词
对面船厂叮叮当当打船钉的声音
四十年后还时常在我梦里出现

西江塘曾经是小镇最荣光的地方
类似现在杭州的延安路
北京的王府井,深圳的深南大道
纽约的第五大道和日本的银座
它一头连着电影院、百货大楼、冷饮店
一头通向几十年后新的核心戴家桥

在西江塘的中段有一个小小的码头
两只客船朝出暮归在这里交集
一只凰桐班,从浦阳来
一只萧山班,往萧山去
春水悠悠哟春水长流
每个清晨五点半到六点
南来北往的客人从码头登船
船舷与码头之间搭有一根宽二十五厘米

一名诗人一条河

长七八米的木条板
男女老少踩着窄窄的木板钻进船肚子
遇着行李重的,木板便会一弯一弯
人在其上像弹跳步一样
遇着穿高跟鞋的年轻女子
船老大便会上前殷勤地扶托
小小的客船里像一锅煮沸的水
唱戏的唱戏,卖瓜子的卖瓜子
算命的人盯着表情木然的人说个不停
等到机帆发动,长杆一撑
离岸而去的船屁股喷出一片翻滚的白波浪
最后化作渐渐微弱的涟漪

现在想来我目送的应该是凰桐班的波浪
因为清晨六点我是不可能一个人来到码头的
那么就是凰桐班了,当它从浦阳过来
当它装上客人和所有的热闹离我远去
这一面河水只遗我独享它的静谧
它的苍茫,它两岸尘世予我的疏离与未知
当我目送它远去,河面呈现秋白之意
其上漂浮着淡淡的柴油味
一切不属于我的气息正在散去
突袭悲伤和恐惧——
哇的一声
小小的我站在码头边缘大哭起来
千真万确,一朵白紫色的喇叭花

恰好这时掉落在我的肩膀上

七八月份的夏季码头最为热闹
从所前过来的杨梅、李子、水蜜桃
压满了船顶沉沉地驶来
远远望去就像是戴了顶鲜艳的水果帽子
这是傍晚五点前后
河面粼粼波光已经泛红
塘上的人家大多已经飘出米饭香
和出发时的顺序相反
船老大会先往水泥墩子扔套一圈缆绳
然后再次搁上那块木条板
他看到我,总会给一颗硕大的水蜜桃
有时是几粒乌黑的杨梅
我捧着桃子坐在水泥墩上
对船老大这个套缆绳的本事无限仰慕
只可惜我还没有长大就搬离了这里
不然很可能会让我也套上一次

码头有两间宿舍房
一间有一个叫志友的男青年
后来他在这里结婚生子
结婚喜酒用的碗碟还是向我家借的
另一间住着一个神秘的男人
他好像是单身,年纪却比志友要大
他总是和我做一些动脑子的事情

一名诗人一条河

比如比赛猜谜,做火柴拼字游戏
还让我给他算买菜钱的账
问我鸡翅膀和鸡肉的价格为什么不一样
我喜欢坐在码头不大的厅里
那个长木条凳上
等着对面藤椅上的他泡好茶
开始各种发问
很多年里,我非常非常怀念这个人
怀念那些动脑子的场景

码头上经常能捡到钱
真的,在雨天的石板缝里
在那些腐烂被踩踏过的水果垃圾里
我常常能捡到一分,两分,五分硬币
很少有一角的纸币,但也不是没有
码头有一个转弯的河岸
那里还能捞上来许多乒乓球
白色的,红双喜牌子
那是两岸的孩子们打飞漂的战果

在《排球女将》播放时期
我们西江塘上的小伙伴们
各自认领了剧中人物
仿照着剧情每天在码头集合晨练
没有钱买排球
就去捡船厂的废弃铁钉卖

去捡临中校办工厂的炼铁渣卖
但美好的计划流产于有人中途变节
他们想用这钱买糖和棒冰吃
这支叫作"争气队"的排球队伍
最大的十岁,最小的五岁

我的父亲是萧山班的售票员兼内务
在人情淳朴友好的年代
水运货物的主人会习惯分享给船员们
因此我家的饭桌上从不缺时令吃食
大闸蟹,小黄鱼,皮蛋,茶叶
以及上面提到的所前水果
都是经常性的享受
西江塘上的居民关系都不错
谁到谁家正值饭点
添个碗筷就落座
记忆中我好多次吃着饭来了个人
就要端起碗让位给来者
父亲给我从萧山买了个新书包
谁看到只要说一声第二天就给捎来
遇着临时下雨,若谁家的衣服没收
邻居就会收到自己家里

1981 年买了 14 寸木壳电视机
当晚围看的人从屋里坐到了塘街上
结束后母亲责怪父亲太高调,说茶叶都没了

但父亲始终是个天真乐观的老顽童

趁母亲夜班,把房门拆下来当乒乓球台

拿扫帚当球栏,用捡来的无数个红双喜球

和我们这帮小萝卜头开战

后来,我家只要母亲不在

总会聚集许多的小朋友

范围涵盖内河两岸

谁家孩子找不到了,只要说一声

去码头上第一家找找

码头上来一共二十三级石板台阶

台阶尽头左转第一间,就是我的家

我为什么要人到中年

才突然记起这个门牌号

——西江塘 38 号

——西江塘 38 号

——西江塘 38 号

◇五洞闸

我日日经过你的速度与力量

拾级而上的小腿在哗哗的水声中生长

每一粒奔腾的水珠都是宝石

溅上小小的书包

逗号故意变大

在晨阳里透明地跳跃

临浦镇给你特权
浦阳江给你宠爱
峙山供你挥霍初恋的仰慕
只有船行的方向
才是你唯一的臣服

自南向北是你的方向
自北向南经过你
是我的方向
一名小学班长的方向
一包五香桃干的方向

二十年后
峙山山门前一棵老桂树影摇曳
五洞闸上的题字斑驳难辨
我也终于一路向北
再无往返

◇戴家桥

见你繁华
祝你日益繁华
但不愿你永远繁华

一名诗人一条河

愿风向庇佑
两只电厂的煤烟囱
不再滚滚向你
愿桥上行人清减
桥下船只从容来往
垂钓者愉快而风度无限
现代浣纱女仪态动人

如果要更名
就叫"浦子桥"
你看那条溯源大江
正在落日下闪烁不变的光

前孔河断想

王葆青

1

笔直,与车辙正交
去萧南时我带着主题
数次碾过,无视侧翼

盘桓也只为笔墨
我走下落差近前俯瞰
天光,犹如俯瞰深渊

2

线条般的姿态撑满阔度
它匍匐着,发条已拧紧
经过农贸市场时不禁寒噤片刻
幸亏有煮沸的热力帮助洗刷
但是真正的刻痕不会抹去
譬如皮癣,老茧,灰尘,积垢,腐叶
沉淀物,肠衣,胃酸,污秽,淤泥
和与下水道相关的种种不适

光靠自我更新远远不够

3

所幸,水体的麻木已得到康复
差不多每一粒细胞都在修补
并从惊魂未定的状态中得到加持

我的到来最多是一种道义的加盟
让颤抖的内心一点一点被天空挤满
自信到能够和一条大河对应
就像它曾经把浦阳江的喧嚣收纳
入怀,随后以福利的形式释放
一如我在嘈杂和有序中安享美食

4

我并不是为着旁白而来
也不期待找到浪漫和洒脱
毕竟,灰色的基调并未褪尽
看不见的皱褶和隐藏的册页
不会轻易透露谜底

我更不会随意褒奖
你也只是刚刚回复天然
一条河或镜像,高低,动静

都很脆弱,犹如极地行走
左侧悬崖,右侧鳌壁
反馈,补偿,攀爬,坠落
准星都须拿捏得恰到好处

5

桥梁,立面,转角,街道,社区
这些衍生品都不是孤立的存在
包括水面上下的花草,浮萍,浮标
青石板,埠头,独木舟,倒影
这些音符附丽于主旋律之上
耐心等候静静的交响乐章奏响
跃跃欲试的水墨图也逐渐生成
美学,河流的质地不断在翻新
越来越能够畅快地呼吸,包容
对于曾经的入侵者持续进行改造
赋予一种真正刚柔相济的特性

6

傍河而行,我也一同检讨
直线的形态包含着矫枉
疾首曾经走过的弯路
回复风景的正途中饱受的摧折
要彻底卸下包袱方始得到补偿

前方,我即将邂逅另一条河流
它稍微放缓步幅,形成小港湾
我也略加停顿,慢慢地调整心情
为即将敞开的遇合送上佐证

7

一个女神站在河对岸注视
汇流和随即岔开的切换
先是融入峙山河,并把一部分流到
急切要投入浦阳江怀抱的新开河
前孔河终于学会了放下自己
学会到远方和未来去投射
或者衍化为另外的事物
在一旁静静反思

浦阳江进化段怀古（组诗）

邵　勇

　　河流是人类的母亲。千百年来,她奔流不息,似在娓娓讲述光
辉灿烂的人类历史。

——题记

◇西施浣纱

想象不出
一种怎样的容颜
能让鱼儿忘记游泳
沉入江底

浦阳江曲折迂回的河道
可是你曼妙柔美的身线
堤岸边花开四季
恰似你妩媚灿烂的笑靥
常开不败
那淙淙的水流声
是美妙的歌喉
冲破江南第一缕晨曦
轻纱在水中缓缓荡漾
像天上层层缥缈的白云

一名诗人一条河

载着临风欲举的绝世仙子

款款向你走来

一片浣纱石

一沟桃花水

一弯木兰舟

一袭素罗衣

弯弯的蛾眉

紧锁离乡背井的忧愁

窄窄的香肩

扛起复国兴邦的重担

东施捧心

是舍不得你断然的离去

锦鳞沉江

是不忍心看你美丽的容颜

苎萝山静影沉沉

若耶溪绕为谁流

玩月池还映着你袅袅婷婷的美丽身影

馆娃宫还留有你妖妖娆娆的曼妙舞姿

响屧廊还响着你叮叮咚咚的细碎步声

谁说你只是勾践手中一枚举足轻重的棋子

辞亲远嫁，以身许国，勇担大任

巾帼远胜须眉公侯

你的美丽让多少文人才子冥想

你的故事让多少文学艺术传唱

你的结局让千秋万代扼腕长叹

浦阳江在为你呜咽
苎萝山在为你凭吊
史册因你而生色
乡亲因你而骄傲
你的故事
像浦阳江一样
源远流长

◇天乐乡

进化曾名天乐乡，境内鹦哥峰半山有石酷似桐木琴，相传勾践自吴返国后，曾在此砍柴，困疲入睡，听见有人弹琴，发声清越，美妙悦耳，后人遂以"天乐"名之。

一阵奇妙的声音
把我从梦中唤醒

此曲只因天上有
人间难得几回闻
那是百灵鸟的歌喉
清脆婉转
那是野杜鹃的绽蕾
美妙悦耳
那是若耶溪潺潺的倾诉
柔和舒缓
那是浦阳江滔滔的低语

那是高山流水悠扬的琴韵
那是"三月不知肉味"的韶音
那是春潮破冰的地籁
那是雨花坠地的天籁
……

哦,那都不是
复国,复国,复国……
雪耻,雪耻,雪耻……
那一只只高擎的手臂
那一张张庄严的脸庞
那一声声铿锵的誓言
排山倒海
气壮山河
感天动地
化作人间最美的人籁之音

天乐
一个美好的名字

◇茅湾里窑址

一片残瓷
在泥里静静躺着
如一位素装女子
静静站在春天里

神采奕奕

四千年岁月

没有刻下任何痕迹

青褐色肌肤纹理细腻

泛着浦阳江水的鲜嫩澄碧

米筛状花纹

一只只无邪之眼

三百六十度交流对视

下部网格状图案

是少女飞扬的裙裾

泄露远古文明之秘密

一定有一个彪形大汉

袒露青铜般饱满的胸肌

甩一把汗

抓一团红泥

和着浦阳江水

铺开江上清冷的月色

塑一只碗,或一张碟

灵魂注入潮汐的血性

一番烈火洗礼

敲击声铿锵

染上金铁质地

也许会置于勾践案头

土酒猩红甘冽

就着猪胆咽下

苦涩满嘴

也许会碎在西施脚下

串串珠泪

沾满离乡的不舍

也许会紧握在夫差高擎的手里

胜利的海啸声

彼伏此起

令人陶醉

最终我没有走出这口窑

精彩的剧本

等不来大幕开启

只有浦阳江的潮汐

偶尔还会提起

◇欢潭与岳飞

宋岳武穆行军经此,饮潭水而欢

欢潭是浦阳江一只大眼

水汪汪的

七边形蓝宝石状

清澈晶莹,顾盼生辉

古老青石围栏是它坚实的眼睑

茂盛绿色植物是它浓密的眉黛

细长的游鱼是它灵动忽闪的睫毛

澄碧甘凉的潭水是它横斜的眼波

千百年来

默默注视大岩山青竹茂松四时苍翠

看村口古香樟们开花结籽四季更替

看千米明清古街的繁华和没落

看二桥书屋里悬梁刺股勤奋苦读的背影

看古荆茂溪蜿蜒流淌淙淙泉鸣

欢潭，一只渴盼之眼

遥遥在望的青梅望了又望

口中徒然挤出一丝黏稠的津唾

嗒嗒马蹄声写满疲惫

沉重的铠甲落满征尘

汗湿的战袍染满血渍

精忠报国的大字刻在背上长在心里

踏着硝烟滚滚的八千里路风尘

你迈着铿锵的步伐向我走来

一次风云际会的历史性相遇

刹那间

眼对着眼，心连着心

仿佛前世是听你轻抚瑶琴的知音

你战袍披身，枪戟在握，英气逼人

你剑眉深锁，坚毅不语，威武自信

我见青山多妩媚

料你见我也应如是

一名诗人一条河

欢潭，一只欢乐之眼

这是怎样一种欢乐啊

隔着八百年

我依然感受到欢乐所爆发的巨大能量

那一潭碧波化成一炉沸腾的铁水

马在潭水里化成游龙

人在潭水里变成跳跃的精灵

那一盆盆水花倾泻下来

飞珠碎玉

欢乐声也随之四溅开来

如动人的天乐飘扬在天地之间

追呀，赶呀，灌呀，泼呀，笑呀

村口成了欢乐泼水节的现场

四围的群山也被欢乐的回声震得战栗不止

庄子说

子非鱼，安知鱼之乐

村民见证了你的欢乐

后世的百姓记住了你的欢乐

欢潭的名字

是一只历史之眼

为你树起一座欢乐的丰碑

欢潭，一只悲壮之眼

青山有幸埋忠骨

你伟岸的身躯埋骨于小小的西湖风波亭

一个被称为销金锅的

飘着脂粉气的歌舞之地

你幻想有一千种死法

血战至死的豪情

马革裹尸的壮烈

乌江自刎的悲怆

尽忠殉节的坚贞

却从来没有想过

会断送于一场小小的朝廷风波之狱

那十二道金牌

十二道催命之符

化成南宋小朝廷的一曲曲悲哀的葬歌

十年之功,毁于一旦!

所得诸郡,一朝全休!

社稷江山,难以中兴!

乾坤世界,无由再复!

多么痛的领悟

多么无奈的抉择

多么悲愤的控诉

直捣黄龙,与诸君痛饮尔

干云的豪言犹在耳际

撼山易,撼岳家军难

鼻腔一声轻蔑的莫须有

塞上的万里长城瞬间崩塌

鲜血淋漓的八个大字

天日昭昭,天日昭昭

那昭昭的天日

一名诗人一条河

倒映在欢潭粼粼的水面上

逐渐模糊破碎……

欢潭,一只美丽之眼

历史的洪荒卷走多少金戈铁马、红尘往事

残破倾圮的古建筑承载太多的沧桑与凝望

被时光蒙上尘埃的珍宝又迎来新生

为了传承千年的守望

为了不辜负小九寨沟美称的灵山秀水

勤劳的现代欢潭人绘就美丽的蓝图

——全力打造美丽乡村示范村

白墙黑瓦、雕梁画栋的古建筑群恢复了全貌

三溪环绕、两塘点缀、老街绵长、村舍俨然

一派祥和的古村落田园风光

务本堂、老洋房、大司空家庙

南宋文化园、岳园、樟园

两庙三祠十八馆已具雏形

二桥书屋书声琅琅

百年书屋再次开班授课

"义诊""义仓""义学""义渡""义葬"

"五义"精神得以传承弘扬

欢潭这只南萧山的明珠之眼

被新时代的号角吹醒

被改革开放的春风拭亮

山如眉峰聚

水是眼波横

那善睐的明眸里
辉映出一幅
"村美、民富、业兴、人和"的崭新画卷

◇葛云飞

以一个挺立的姿势
刻进血与火的汗青里
那是民族的一个伤疤
那是精神的一曲凯歌
那是英雄的一座丰碑

成忠昭勇
两团雪亮的光刀
如雷霆,如霹雳
刺得敌人像破胆的鼠辈
缩在岩壁的角落里
瑟瑟发抖
背后穿胸的子弹
带着喷涌的血柱
开出春天绚烂的花朵
万古常新

如果说西施是浦阳江的女儿
美丽、善良、柔韧、坚强
勇担大义

葛云飞就是浦阳江的儿郎

健壮、刚强、威严、守职

威武不屈

浦阳江的女儿美如水

浦阳江的儿郎壮如山

共同谱写萧山人民的幸福时代

◇桃花水母

如上元夜满江的点点河灯

如黑暗中夺目的星星钻石

如蓝天下遍野的把把蒲公英小伞

桃花鱼

你逐桃花而来

你随桃花而去

你是濒临绝迹生命的传奇

古老而珍稀

你是落水的桃花

晶莹而透亮

你柔软如绸

少女梦粉色泡泡

一敛一收

上下飘荡

爱丽丝游仙境般悠然自得

你是五亿年前孑遗的活化石

你是昭君出塞洒下的点点珠泪

你是桃花源里的小小精灵
山清水秀的进化
因你而增添神秘

桃花鱼
浦阳江边的一首诗
萧然大地上的一个奇迹
五水共治工程的不朽功绩

欢潭直河（组诗）

郑　　刚

◇一

我在直河旁站立的时候

氤氲的水汽已经染上绿色

时间的花朵沿河笔直开放

飘落水中的是一瓣瓣季节残片

河水在某一刻洗刷我的眼神

来不及调整焦距

镜头里全是模糊的从前

那座连通浦阳江的河闸很沉

总想着把流经村庄的水截留下来

如同截留一段欢潭故事

其实我应该登上大岩山

找到溪水的欢笑声

与瀑布并肩跃入山谷

沿水流的步伐一刻不停走向村庄

跟着山水渗入欢潭的地下

随大岩山的清泉一同变成欢潭的水

在池塘和水井里打捞村落的陈年旧事

到七角形的古潭边与岳家军会合
然后顺着直河奔向浦阳江

直河是年轻的
河闸也一样年轻
遥远的乡音在直河里荡漾
它们从未离开过村庄
年轻的直河承受起古老的村落寄托
没有什么可以阻挡直河的水
一座河闸更不行
它哪能切断浦阳江上的欢潭岁月
水中的每一条鱼都知道抗金的岳飞
我肯定选对了站立的方位
这里极可能留有战马的足迹

◇二

日子手握一把雕刻刀
极认真的一笔
欢潭直河在村庄划开
溪水也成了直河水
桃花溢出水流的那一天
义渡的往事突然心生诉说欲望
它们在直河中洗脚上岸
一个个徘徊在路边
短时间集聚成群

一名诗人一条河

一堆声音集中在村头
我在进村的路上与它们擦肩而过

大樟埠头的水淌过冷暖温饱
青石板上的水滴敲打着村庄节拍
一艘船的影子挣脱系船的老木桩
迈着悠闲的步伐走在村道
月亮高挂的晚上
它重叠在一辆小汽车的影子上
从此合为一体
那个撑船的汉子茫然无措
他不小心丢失了自己的身份
独自蹲在浦阳江的水边想着昨天
黑白的思考屡屡被大桥上的汽车声打断
黝黑的肤色衬着黝黑的泥土
壮实的身姿等待在欢潭的记忆里

我在浦阳江边的树丛中穿行
探索直河汇入江中的古老情愫
突然看见一根竹撑杆挑碎了夕阳
长长的划动带些迷惘
就这样悄无声息
将欢潭的日子来回摆渡

◇三

假如岁月可以倒走

那大岩山的溪水肯定能流回从前

托浮起水边的二桥书屋

记忆的芯片置入屋内的每处角落

书屋前的樟树早早窜出书香的嫩叶

有一场小雨留在村庄

细细地下着自己的心事

一滴墨汁将雨水引入溪河

在村中缠绕

我的好奇在直河漂浮了整个上午

老屋的黑瓦片历经了几多风雨洗涤

欢潭的学堂能安放下几张课桌

从黑白的四合院仰望

欢潭的天空纯净得找不到色彩

我想来一场密集的雨水

让黑瓦更黑

让白墙更白

穿过三月的堂风没有一丝杂音

吹老了学堂

吹旺了欢潭的学识之火

连大岩山的水也知道

一旦有幸流过村庄

那些流向远方的水就会带上文化的色彩

一名诗人一条河

山水相依的村庄
只需要书香就可以守住古老的纯净
有一种朗读声叫欢潭
义学的一盏灯升起
点亮了欢潭子弟的求知梦
学风已经融合在血液里
留在欢潭的基因中
我听到所有草花排满场次
一朵朵开放出琅琅书声

浦阳江

谢　君

1

每当夜晚降临，一声浪漫的鸣笛

就从尖山街传来

那是码头上的一条夜航船

刚从诸暨湄池返回

每当汽笛响起

村中抱着孩子的母亲

就会倾心静听

在等待夜归人中

在亮着灯的院前

抚拍的节奏就会渐渐慢下来

2

我记得

那是二十世纪七十年代末的一天

浦阳江边

几个小孩立在泡桐树下

一声鸟鸣从空中啪嗒掉落

像火柴幽蓝的一划

清晰,但找不到鸟

我的堂叔坐一艘轮船

捎来一张购买

蜜蜂牌缝纫机的珍贵商业券

母亲微笑

一艘轮船又载着我的堂叔消失

3

在江上,最快乐的事

是跟随父亲去湄池抲小猪

春天的夜晚

生怕醒晚了误了早班轮船

头天晚上就不肯睡觉

半夜里,起床偷看

月亮位置。我还记得

与户外的枫杨一起等待日出

直到上了码头心才安了

二十里水路,一声浪漫

但也惊恐的汽笛长鸣之后

我们就上岸了

在贴着浦阳江的直街上

我的父亲在前面挤着钻着

挑着一对箩筐,我在后面推着箩筐

4

蒸汽机的震响像堂吉诃德吼叫着
机械的活塞在船腹搅动
轮船走在江面上
我走在甲板上,风
舒适、遥远、美丽
一条宽阔美丽的江流
名字叫作浦阳江
两岸杨柳轻拂、青山环抱
我的童年,静静躺在
河湾里,江水在村外轻轻鼓掌

5

一个夏天,我在巷子里行走
经过国华家、斜眼阿彪家
大狗小狗家,还有黑豆家
然后出了空寂的巷子
到拐子家
再走一点路到胖二家
望见胖二家后院的枇杷
咚咚往下掉
继续往前是玉兰树下
爆米花小娟家
阳光炽热,一路上

我没遇见我的小伙伴
直至来到浦阳江堤岸上
那些黑黑的脑袋
才从江水中一个个浮现出来

6

我的母亲在堤外砍伐芦苇
束成捆,拽过背和肩
然后迈上江堤
潺潺的声响在她身后
一片晚潮浮来
飞鸟投向林子
江风愈来愈急
鼓满了她臃肿的身躯
随着啪嗒啪嗒的节奏
整条江堤在承受
她的重负。蓦地
暗淡的夜空出现了
一颗接一颗的星星
在那里静静地开始闪耀

7

秋天,风将树叶吹往
另一边的时候暮色来临

行人消失。江岸上下
那些山中下来的
农田里爬出来的
在归途中渐渐不见了
路上只剩下晚潮的声浪
和树叶沙沙扑打的轻响
记不得母亲手牵的
是我还是妹妹
三个寥落的身影
仍在啪嗒啪嗒敲打
他们从临浦镇上探望
父亲归来。黑暗中
从身后照亮的是江上点点的渔火

8

江水在村外绕着弯
每当暮晚来临,远远地
有许多骑着单车的身影
从堤上落下来
敞开的衣衫鼓着轻风
江面开阔
运沙船停在江心
堤内高高的杨树下
浅绿的纱窗前
母亲坐在村东的院子里

一名诗人一条河

　　许多年前,那里住着

　　我的祖母、父亲和母亲

　　后来是父亲和母亲

　　现在是母亲独自一人

径游江

谢　君

1

有一片蔚蓝从天空落下来
我看到了
但不在这个初夏
在另一个初夏
不在这里,而在那里

2

江埠头上
我的父亲过来了
跟母亲说一会儿话
然后是大哥
跟母亲说一会儿话
然后是我和妹妹
天气晴朗,径游江江水清澄
江底沙砾中,躲藏的蚬子
在透入的阳光下兀自张合
风吹来时很轻很慢

然而很凉,有一些
与风声不同的声音在流逝

3

鹧鸪在天空鸣叫
马达枯燥的声音震响着
扬水站的泵房外
三个孩子从排头到排尾
依次钻入喷涌的水柱
江水飞扬着,哗哗倾泻
细微的波澜随着水渠行走
在大片的水田中销声匿迹
水田上那些挑着稻秧的农妇
圆圆的脸庞顶着斗笠,风吹进
她们的长发,一绺绺在耳后摇晃

4

一九八二年,我在径游中学读书
睡在一张简简单单
用来睡觉的床上
那是一张简简单单的床
但不是一张孤单的床
夜晚静静的月光下
窗外的径游江水在流动

水声响得很近,还有
浅水边的芦花和船只在摇荡
深夜灌水的人和观看电影
返回的人,在顺着江堤行走

5

每当夏天来临
径游街沿江的树荫下
就会出现很多贩卖水果的人
最初是一筐筐金黄的枇杷
从码头上抬了上来
然后是红透的李子
然后,翠绿的西瓜
有人抱着西瓜咚咚敲打
不知道西瓜从哪里运来
只知道他们是一些快乐的人
就连我们这些孩子也因
这些快乐的人出现而成了快乐的人

6

江堤上,风的声音很清晰
风的行走速度很快
但究竟多快我也说不上来
我的父亲从径游街上

打酒回来
他的行走也是很快的
而且快乐地晃着酒瓶
在啪嗒啪嗒的声音中
鹅鸭在路上成群归宿
暮色中，江堤内的红萝卜
开始从地底下张望
透明的鼻尖不停摇晃着
就像一盏盏小小的红灯笼

7

江岸是绿的
水田是绿的
静悄悄的空气好像也是绿的
风带着几片梧桐叶在走
在去往径游中学
三公里长的江堤上
我听到一个低低的声音说
他在经过。四周无人
几只黝黑小船泊在水中
舱中围坐的身影离得很近
但是，除了风的声音
我还听到一个
低低的声音说：他在经过

8

有一片蔚蓝从天空落下来
我看到了
三十千米外
一条江成为我的记忆
记忆中有许多熟悉的身影
下田的,灌水的,捕鱼的
从附近村中出来
顺着江堤慢慢走远
初夏的南风在檐下吹拂
白天愈来愈长
江埠头上,母亲正和邻居谈论
她们身旁有一条细长的橙皮
那是泛着光的径游江
在那儿,雷雨过后
鲦鱼会在激流中出没
而鲇鱼早已钻入深深的泥底

里士湖：水色波光悦人心（组诗）

陈于晓

◇在里士湖边，听鸟或者听雨

我走动着，所以那些鸟声
也是时前时后的，湖中那个小岛
可以算是一道屏风吗
有几只鸟儿，在那儿踱

我喜欢的燕子，拿剪刀尾
剪了一袭碧波，也许要给某一条鱼儿
做上一件嫁衣。蝴蝶在花丛中舞
蝴蝶是自带嫁衣的，这些嫁衣
如此轻盈，这些可爱的小生灵
都嫁给了里士湖的春天

想来，里士湖的空旷
不是鸟儿啼出来的，只是鸟鸣之后
湖面更幽了一些，这幽
会不会被雨珠擦亮，风是乍起的
春天的雨，说落就落了
仿佛雨声，一下子就把鸟鸣淹没了

听雨,最宜坐在亭子中
并且最宜,把心放牧在水天一色中
当鸟鸣穿过雨声的缝隙隐隐而来
我把我,弄丢在了里士湖的封面

◇用一只风筝,放飞里士湖的春天

日子叫假日,风是东风
东风是水灵灵的那一种,我可以用
绵绵春雨做针,把里士湖的花海
绣在一只风筝上吗？如此
我便可以放飞一整个里士湖的春天了

此刻,阳光明媚。我和里士湖
一起走进暮春三月。一个"暮"字
让春色又深下了几许
这春色,比里士湖更深一些吗
只有风筝是浅的,浅浅地荡漾着
天空也很浅,只够容下草地上
一张张笑脸。一声声快乐的尖叫
掠过树梢,不曾惊了乱飞的群莺

枝头的杂花,仿佛是突然之间冒出来的
像一枚枚春日的"萌"
又像一簇簇的小喜悦

而天空中的喜悦,在飞着跃着
风筝牵着孩子们,一蹦一跳
我相信,在此刻,春天所有的
目光和姿势,都是向上的

◇夜跑,一头砸入里士湖的怀抱

四面灯火起时,里士湖的夜色
几乎是透明的,相比之下
灯光比星光,更璀璨一些
湖面上飘荡着的,都是一触即破的
事物,包括一些黄昏的心事

黄昏的心事,其实是可以抛在脑后的
当你开始奔跑,犁开一层又一层的
夜幕,里士湖的夜,慢慢地
打开了它丰富的层次,像日新月异的生活
这夜,是色彩缤纷的

夜的深处和浅处,各样的声响参差着
虫啼声是抑扬顿挫的那一种
都有着露珠般的清亮。那呼啸着的
风声,则来自跑者的一种速度
脚步声,时起时落,此起彼伏
偌大的里士湖,一会儿就把脚步声藏了

夜跑,一头砸入里士湖的怀抱

里士湖的居民,都是里士湖的孩子

一天又一天,从没有跑出过里士湖的辽阔

只有黄昏时的一缕炊烟

飘着,飘着,就消失在了里士湖的高处

◇在里士湖,梦见和渔者对话

先是梦见了一只小船

是那只小船,带着我去了湖心

有渔者在风波里出没,我大抵是

湖上往来人中的一位,想起了烟火

但我不问,湖鱼肥不肥

湖波浩渺,但我记不得这是哪一年的

里士湖了,只记得看见渔者

往浩渺中撒了一网,捞起了许多的

鲜蹦活跳,有时还打捞弥漫着的稻香

只有时间,每一次都漏网了

里士湖,也在潮涨潮落吗

在涨涨落落之间,水面一再地波动着

一些人家在湖上,一些人家被湖水潮湿

还有一些人家,在欸乃声里

入了水乡旖旎的梦境

在梦中,我和渔者一起,守着日落日出

轻轻地说着往事,我们聊着的时候

里士湖人家的炊烟

一直在袅袅着,时浓时淡

◇里士湖:水色波光悦人心

可以把湖畔人家,稍稍地往湖边

挪动一下吗? 在半江瑟瑟半江红中

水雾已经开始氤氲

我喜欢这一种"氤氲"

带着水草的鲜和空气的醇香

也许此时,里士湖已是烟波湖了

愁与不愁? 我没问过今夜归来的游子

但我知道,乡愁有时就是水色的一种

湖水在低下来,其实是我的目光

低下来了,几棵树又挺拔了一些

不知从哪儿游来的月亮

像一尾粼粼的鱼,与我若即若离

若即若离,我以为是最美妙的一种意境

今夜,天上的星星,将住在湖底

云朵,也将住在湖底。一湖的老光阴

全在湖底沉淀着。或者,我将捞出

一盏渔火,让日子重回亲切与熟悉

只是这一盏渔火,很快就融入了
里士湖的万家灯火之中

◇坐在花海中,那一个缓慢的下午

从西小江到燕梢河,里士湖
缓缓地流淌着,流过人家和楼宇
也流过农业、工业与商业
但那一个缓慢的下午,我只坐在花海中
琢磨着"生态"这个词
如何一次次地把岁月刷新

就这么坐着,如果什么也不想
当我忘了自己的时候
你看我时,我会是花中的一朵吗
抑或,她是花中的一朵
湖畔花开,她应是缓缓归来的那一位

仿佛湖风有着八百里的浩荡
浩荡的湖风,把水面吹成了光阴
哪些是旧时波,被春风改了没有
杨柳还是旧年的模样
花海中,生长着各样色泽的乡音

风吹花海,风吹里士湖
里士湖声色不动,动声色的是花海

我也不动声色吗？记得我起身的时候

里士湖跟着晃动了一下

溢出的,叫宁静,叫盎然

李家闸河，流经美丽乡村，也淌过岁月长河（外二首）

潘开宇

河之源，是谁
将山石上的汩汩清泉拾起
天光云影中
蜿蜒汇入杭甬运河

迢迢 3271 米的李家闸河
从此流经钱塘江畔
岁月长河中蝶变的美丽乡村
遇见三泉王村
风中芳华初现的李花
遇见山里王村
正素手采茶的皓腕
也遇见祥里王村
日暮乡关如期而至的炊烟

在民间传说中
这里是南宋烽烟下避世的一方水土
流淌着无数光阴的故事
和时代的素描

一名诗人一条河

风起时
我行走在青草重生的小径
一水间
或是数重山
三分春色
落在水草更浅处
更落在
细叶裁剪的杨柳枝上

李家闸河的前世今生
每一条波纹都漾开成轻盈的诗句
每一次相思
我踏过谢桥而来

我在这里
等待即将升起的虫鸣
也等待
一树李花结成硕果累累

◇李　园

在"行香子"的词牌里
李花粉白
一定衬着桃花灼夭菜花金黄
还会有东风
去吹皱一河春水
有莺啼蝶舞

也有寻常人家的燕子
绕梁飞

夕阳下
村民眼中的谈笑丰年
古老如《诗经》
荡过枝头

◇葛云飞墓

清明的笛音太细
《茶经》的文字太淡
明前茶的香酽
透过远处流动的乐章
也透过英雄的千古英魂
落在心上

比古樟银杏更幽静的
是映阶碧草
比斜阳微风更轻柔的
是隔枝黄鹂低鸣

鸦片战争的沉重历史已远去
英雄守护的山河
红旗招展

新坝河（组诗）

黄建明

◇开河公倪藩

"天下十八坝，新坝第一坝"
这句谚语让一个诗人
很心动
他在新坝村停驻
即兴吟下一首《宿新坝》
他的影子在新坝河的
心脏搏动

开河公倪藩
拓凿茅山走廊
开河成埠，店铺林立
被朝廷赐一座牌坊表彰
如今牌坊已倒
倪藩仍活在《倪氏宗谱》里
使后来者忽然觉得
生是这样的多余

◇节孝承恩牌坊

新坝倪润是一位商人
他亡故时
其妻金氏才二十九岁
她苦苦守节
终使儿子走上仕途
在金氏七十六岁去世之后
雍正御笔朱批建造牌坊

牌坊是节孝,是荣光
也让一个盛世美颜的女子
赌上一生的幸福
艳丽的生命和年轻的光泽
在冷冰冰的石头面前
毫无美感可言

金氏封闭在自己的世界里
没人知道她的苦
五十年的守寡
多少有点残酷
也正因为这样的残酷
她的爱才能走过几百年

◇新坝惰贫

我的老家离新坝不远
小时候,经常听大人说"新坝惰贫"
以为新坝人都很懒惰
其实,这是对堕民的一种叫法

这一个被歧视的群族
不得与一般平民通婚
亦不许应科举
只能去要饭

堕民有自己独特的语言
父亲叫"佰曲子",母亲叫"波母头"
菩萨叫"呆老",橘子叫"地雪子"
一直从元末说到现在

曾经的生活痛苦
和人世间的白眼
都在世局的起落中泯灭了
只有这遗世的"堕民切口"
有时还令人挂念

◇战备粮仓

新坝战备粮仓全用条石砌成

在粮仓朝北的石墙底部
刻着"回龙桥"三个阴文
在朝南的墙壁上
还有一块系缆绳用的"船扣"

"船扣"还记着水的恩惠
水还记着粮仓的恩惠
新坝的水是直立的
把仓中的每一粒粮食
融进黄色的泥土

河水的清澈知道
每一粒粮食都是光明的使者
都是不朽的劳动
都是不允许被辜负的

粮仓在散发一碧千里的朝气
我一直在寻找着这样的地方
温暖、安逸
好把自己种进一个肥嘟嘟的故事里

官河,官河(外二首)

蒋兴刚

这是一条有背景的河

一条梦中清澈、波澜起伏的河

一条通天水路的河

一条商贾繁盛,串联着宁绍平原

万亿亩粮仓的河

这是一条被现实窝棚占据的河

一条污水横流

浪花在起跳的那一瞬间

凝固成墨汁的河

一条被周围攫取利益的企业

简单、粗放

排放废水的河

一条鱼虾即将绝迹的河

这是一条顿悟的河

所有人间大事都发生在水里

把抢占的窝棚拆除

把生活、生产的污水截污纳管

分离干净

把水生植物、动物

一呼一吸的贝壳

认领回来……

官河,官河

原始河道上的干枯记忆

我知道:不甘沉沦的事物沉沦下去

第二天还会觉醒

官河,官河

我的目光里只有灿烂的事物

阳光、水乡、小镇、绿水青山

我们抵达官河的途径

只有一条:从此岸到彼岸

从视野到胸怀

◇衙前镇

我总是一个人爱上一座山

满眼翠绿

把柔软的天空穿在身上

城镇也是

喜欢紧挨着山,像一只

翻山而来

卓尔不群的鸟

我总是一个人爱上一条河

一名诗人一条河

吸收河水灵气
凝聚成浪花在身体里运转
城镇也是
喜欢被河水环绕、擦肩
甚至横着穿越

我第一次来到衙前镇
是三十年前读书
我坐着橹桨,沿着官河而来
顶天立地的凤凰山
峻峭的山势,让树成就了林
林成就了山
让天空的灵感
成就了我最初的诗稿

我这一次来衙前镇
是三十年后感恩
我坐着橹桨,沿着官河而来
我知道所有的人间大事都发生在凤凰山下
也发生在这条官河水波里
村舍俨然、风调雨顺
衙前镇,让诗人的灵感
成就了千山与万水

◇写给一座水边的房子

给你一座临官河的房子

窗户正对着水面

往来的船只远远传来摇橹声

水光一划一划

丈量着生活的严丝合缝

每天清晨，上学的孩子们

咬一口煎饼

泛动的水光和探出时间之门的朝霞

为他们加冕，装了满满一书包

踩着岸边的石板道远去

"青石板那么光滑、明亮！"

多少次，房子铺陈着乡愁的味道

而黑色屋瓦，朱红轩窗

童年的趣事一桩桩在这里放映

仿佛是那只中枪的飞鸟

又飞了回来——

浮生的源头和官河水的源头

扎根于青苔石缝间

没有离开过

白洋川：一条河撬起了 灵动的江南（组诗）

孙海东

◇一

白洋川，是在骨子里流动的血
在尘世之间行走，在瓜沥的体内行走

她以笔勾画，小桥流水与烟雨
将一条生生不息的河流呼之欲出
可圈可点，两岸杨柳依依，炊烟人家
借清风半尺，于一幅水墨画之间
以更完美的姿势，将一个灵动的江南撬起

◇二

风吹起，白洋川柔若无骨
她是泥，也是水草，抑或源自天然中的本质

通透到彻底，是对风的赞许
也是水流无声，且又在有形和无形之间
再次升华一条河的内涵

——白洋川,一座叫瓜沥的千年古镇
因之而厚实,因之而悠远

◇三

白洋川,自西向东,贯穿于瓜沥
完整且又精美,像一部属于自己的大书

开篇为序,陈年往事——入目
有过"贫穷"的词汇,在努力蜕变
她一直有自己的信仰,与一座城合二为一
从光阴里敲定一个关键词
——"奋斗",在改变一条河的命运

◇四

白洋川,是我身体里的一条船
或者是一个码头。午夜,灯火与月光共舞

静寂,在一座城睡着之后
河流之上,流动的不是水
是杨柳的影子,微风,一座小桥
彼此的情怀,投射到对河流赞美的高度
——白洋川,是一首徘徊在乡愁里的小诗

◇五

涓涓如斯,清白如斯
波澜不惊,是瓜沥一处的岁月静美

无欲所求,源于自然对大地的馈赠
一壶老酒,一曲越剧腔调
一缕炊烟,是白洋川灵动的地方
十里飘香,水让一个江南温软
也让瓜沥在酒醉之后,温婉动人

◇六

趁夜色微明,向往已久之地
不期而遇,足以用"淡泊"与"致远"诠释

淡泊于鱼米之乡,致远于一种心境
依河而居,在黛瓦之下细说流年
而白洋川以她的清纯与高贵,与万物共生
在一缕烟、一阵风里
彰显其水乡之妩媚,与骨子里的灵性

倒叙的流水

——致瓜沥船闸河

雷元胜

1

也没有什么值得一提
一条老街挤得水泄不通
无数个春天,整整齐齐
从航坞山准时出发

2

瓜沥的风
火箭少女 101 的《风》
这是二十一世纪的风
来,跟生活比个耶

3

航民印染厂的女工李筱凤下班了
她愉快地跨上自行车
二十世纪九〇年代的风
正从她身旁的船闸河沙沙沙滚过

她的杏黄连衣裙也在风里飞

4

流水和冬天的风都没有搁浅
一串牛拖船在河道里挪行
向前,船主在船头持鞭指挥
河道变深,老水牛游泳前进
它的鼻孔不断冒出白色雾气

5

在塘头老街的朝霞中
空气里漂浮着无尽欢愉
四禧园茶店早已人声鼎沸
殿下埠头的搬运工们正在装卸货物

6

暮春,因为雨急
蛙鸣全部躲进九埠的弄堂口
一日晴,一日雨
头发花白的老婆婆最应景——
在廊檐下飞针走线

7

高家祠堂里书声琅琅
诗人贺知章踏歌而来
李白饮酒
无数文人跟着饮酒
所有的河流一起诗兴大发

8

须再挑一个好日子
由水路逆浦阳江而上
约上许询
从祇园寺出发
去兰亭
把酒言欢

9

船闸河一直在流淌
无数个春天,整整齐齐
从航坞山准时出发

行进的北塘河（组诗）

张　琼

　　北塘河原名大寨河,1984 年更名为北塘河。因地处北海塘之北,并且与北海塘平行,故名北塘河。北塘河瓜沥段东起大治河,西至三官埠直河,全长 17980 米,流经全镇 25 个行政村,该河道为人工挖掘河道,主要作用原为灌溉、排涝、通航运输。

◇春

驶离岸边

远方的心事

被春风荡起

一如四月桃花

开得正艳丽

偶有倒春寒来袭

河边人家的生活气息

开花的植物袅袅升起

几片水里的花瓣

伸展着嫩叶

在一片桃红中安然入睡

岸边有蜜蜂们正在预谋

清澈见底,荡起波浪,抬头看到天空没有一丝云彩

行进中的北塘

有一封未来的信件

赶上了一场江南的春雨

润物细无声

一朵莲花在水面洋溢青春

给葳蕤的草木喂一杯北塘河的清水

◇流　　淌

时间不停歇

一遍遍催着希望

春去夏来

知了又站在杨柳条上

唱在北塘河的午后

夏日睡得正香的草木

被河上的风吹醒

岸边的女人

一如挂果的草木

引起众人的注意

诗情画意的美丽河道

让岸上的人借走了春天的梦

却在这夏天里电闪雷鸣

让整个河流热血沸腾

◇夏天的节拍

荒芜的心事
让给日新月异的瓜沥
喝一口北塘河的水
让你浑身清爽
玲珑剔透

谁会说北塘河岸边的水草
注定要守护在炎热的岸边
开枝散叶
喝一口北塘河的水
久逢甘霖
宛若幽暗里见到光
木秀于林
却以北塘河的名义
一路以行进者的身份
走向凋零的季节

◇行　进

北塘河瓜沥段
与二十五个行政村息息相关
回到水的未来
以北塘河的名义
致敬

这里的欣欣向荣

没有巍峨的险峻

却又有爱的胸怀

草木的情感

让你有了方向

◇碧波荡漾

货物运输是你曾经的使命

从河流的前世

到今生的宇宙里

无法走出你的怀抱

找回童年里那个摇摇晃晃的自己

四季分明

营造非同凡响的瓜沥新天地

开出梦的花朵

更听得见河岸边呼吸的花朵

在水一方,远离疼痛,远离熙熙攘攘

你的脸一如这河岸花朵

植物生长

来去匆匆,一如北塘河的流淌

抢险河，不舍昼夜的河（外三首）

周　亮

一条 1961 年的大河

一条火红年代抢运钱塘江石堤块石的大河

一条芳草萋萋鲜花怒放的大河

一条水草娓娓的大河

一条月夜下鱼儿泼剌的大河

一条泛动着无数情思的大河

◇抢

在河岸

站成一棵树

默默

默默观看

排成队伍的鱼群

围猎一根绿色的水草

曼妙的水草啊

你从哪里来，又往哪里去

漂流

顺水漂流

抛开根的羁绊

沿途无限的风光

修长的水草

叶子光秃得像是长满短枝的长矛

刺

水草用力刺杀

一条鱼斜刺里冲上来

撕咬下一小口绿叶

清凌凌的河水之下

鱼群环成一列

猎物

向着猎物

咬一口就走

归入狩猎的行伍

鱼群围绕水草

果腹随即离去

地上的众女子呀

耳环、手镯、花冠、足链、华带、香盒、符囊、戒指、手镜

眼目的情欲是虚假的

你为什么流连呢

◇险

抢险河的河水

一名诗人一条河

平静如同镜子倒映着许多的人间

嫩绿的柳条啊

你可拂动在 Arabia① 大河

轻轻

轻轻拂动那忧伤的心

幼发拉底河缓缓流淌

四千年前的 Ur②

Mesopotamia③ 辽阔的平原

Babylon④ 庞大的帝国

世界最早的文字

空中花园娇艳欲滴

火箭如雨

沙漠盾牌

荣耀离开了

离开了

那些精美赞叹了几千年的石雕呀

化作一片片的断瓦残垣

没有妈妈的 Iraqi⑤ 小女孩

在孤儿院水泥坪

---

① Arabia，阿拉伯。
② Ur，吾珥城，遗址现在位于伊拉克境内泰勒盖那尔。
③ Mesopotamia，美索不达米亚。
④ Babylon，巴比伦。
⑤ Iraqi，伊拉克。

画了一个妈妈

小心翼翼地脱下鞋子

在妈妈的胸口

入睡

飘扬的旗帜高高折断

哀怨的离歌四处传唱

勇士何竟龟缩

谋士漂流在异乡的大海

昔日俏步徐行的女子呀

你为何趴在铁丝网前苦苦哀求

◇河

蓝莹莹的春水倒映着金黄的田野

漫天的樱花打着旋儿飘落

轻轻的风

轻轻的风吹过来

凌驾东方和西域

无视往日与来年

越过蒹葭苍苍

越过明净如同蓝宝石的天空

穿越

穿越呀

越过漫天的星光

一名诗人一条河

仰望虚无之中的圣者

弹琴、鼓瑟、击鼓、吹笛、饮酒
多民好像海浪砰然
列邦好像多水滔滔
黑夜已临
早晨将来
翻腾的大河猛然冲入

丰腴与羸弱
哀恸与舞蹈
栽种与收割
战争与和平
沉浮
一轮明月在波光粼粼的水面沉浮

子在川上曰
逝者如斯夫
长河呀
时间的长河呀
公平如同大水滚滚
公义如同江河滔滔

梦里梦外朝阳横河（组诗）

柳慧昌

◇入 梦

朝阳

梦中喷薄

于是

点点金波点缀成河

一道闸

站成老人

一座桥

静静叙说

一朵花

开出一个春天

一只船

欸乃人间烟火

◇寻 梦

下弦月

挂上树梢

于是

一名诗人一条河

缕缕轻纱轻掩着河
一个人
夜里静默
一条河
袒露丰腴
无数灯火
璀璨满垄油菜
几只鹭
安乐生活

◇拾　遗

闸
叫东方红闸
桥
名为轻机桥
走过的岁月叫围垦
滩涂成了朝阳横河
簸箕与扁担安养生息
赤足与肿肩顿时轻松
一代又一代活得有滋有味
热火朝天的喇叭甜蜜记忆
1955—1966
十余年精心"打磨"

◇圆　梦

鸽哨

呼唤风筝

于是

银铃般的笑声温暖步行道

高楼大厦

冷却不了人心的高度

勤劳与淳朴

一脉相承

美丽村庄谱写神奇

有个声音

还在喊你——朝阳横河

永远熟悉

梅林湾,缓缓流过(组诗)

赵 锋

◇军民桥

桥东是农场

桥南是里花园

桥西是新湾底

桥北是围垦大地

曾经是大片大片的土地

渐渐变成高架高楼、产业园区

农一场　农二场

金华部队农业基地　舟山部队农业基地

源源不断的蔬菜粮食棉花通过这座桥

流到内地,流到部队大院

流到老百姓的餐桌上衣柜里

桥旁有水泥厂,活塞厂

有很多家小小的超市商店

口音南腔北调

如一根动脉　四通八达

从桥头望去

一幢幢高楼与云彩共舞

江东大道似乎有了腾飞的样子

风从钱塘江边吹来
呼呼,呼呼
几只不知名的野鸟
停在南沙大堤旁的老槐树上
扑棱,扑棱
喊着春的腔调

◇梅东桥

桥下是义南横湾
从益民一路奔流到靖江
桥北是梅林湾
守着梅林湾的中心位置
南来北往,东奔西向
——凭口令通过
如南海那一座座小岛
牢牢站立

站在桥头向北望
水流缓缓,一路北上
桥边,枕衣而眠
一觉醒来,竟老了几十年
此时应该唱一首歌
向岸边的石头致敬

向路边的小草致敬
仿佛看见无数副扁担从桥下流过

我不是姜子牙，斗笠垂钓，等有心人
但我守在桥边
等一只渡船
桃花盛开之日
渡我到对岸
赤脚、担泥
和春天做伴

◇梅林湾

沙地上的河曾经是弯弯的
于是沙地上的河统一叫湾
梅林湾　曾经也是弯弯的
从绍兴的白洋川蜿蜒北上
党山 5200 米
党湾 5700 米
新湾 1500 米
1956 年裁弯取直，便于航运
梅东桥、泰纪桥
新前桥、五七闸
跟随挑大湾的脚步
一路浩浩荡荡直到梅林底
军民桥北是一条直直的八工段直河

一直到钱塘江

那天,我沿梅林湾一路缓行
开店的老翁说河边的桂花树会唱歌
小鸟叽叽喳喳
摆摊的大娘说河边的小草会跳舞
鱼儿憩息玩耍
青墙黛瓦,竹林深深
河边大片大片的油菜花静静绽放
芳香扑鼻

我想唱一首歌
一首流水潺潺、奔流不息之歌
唱给桥梁
唱给小树
唱给这美丽的梅林湾
日夜流淌,永不停息

用刀划开水面
水波如指纹
一圈一圈又合在一起
河堤上闲云掠过
寻找曾经的记忆

初春的梅林湾
如一位美丽的乡村农妇

一名诗人一条河

种菜、酿酒、喂鸭
等远方的客人来歇歇脚
随手翻开一卷古老的书画
述说旧时的故事

党山湾：一滴水里的故乡

钱金利

1

一条清清的小河，自一滴水出发
至一滴水结束，流经的所有的村庄和时间
——在内心深处沉淀，一经翻动
如梦显影，恰似一张经年的底片

没有边际，决有尽头，所有的村庄都在水中生长
所有的人，都在水上舞蹈
所有的时间，都在水里老去
所有的童年，都被一滴水反复清洗

河上，有云。云上，有风。风上，有蓝天
蓝天之下，是一滴水。水之下，是沙地
沙地的童年，源于一滴水，源于一条叫钱塘的大江
似人类源于母亲的"羊水"

2

一滴水，是沙地的故乡

一名诗人一条河

这故乡,有沙地的风、沙地的云
沙地的天、沙地的花鸟草虫
沙地的风和日丽、沙地的春夏秋冬

我自春天出发,沿一滴水
赴一条湾的约会。湾是许多滴水
许多滴水,是一条湾
党山往北,连接着南与北

党山湾,是一条湾,沙地的脐带
故乡的人们,喝这里的水,一滴,又一滴
许多滴水,凝结成一个人的茁壮成长
浓缩成一个人的喜怒哀乐、生老病死

沙地人在这里洗衣服、洗被褥、洗草席
洗身上的尘埃和骨头缝里的疲与累
洗拖把、洗铁耙、洗一头健康的牛
也洗餐盘里的一只鹅

没有什么是一条湾不能洗的
包括洗一朵云、洗一缕风
洗一朵花的香味、洗漫天的星斗
把童年洗一洗,再洗一洗,就成年了

沙地人,喝着湾水长大
吃着湾水老去。生时,以水刻章

死后,以水盖棺。一个人
从一滴水里,重新找回故乡

3

把故乡的鱼鳞瓦打碎,向着天空
用力甩出,像甩出整只手臂
瓦片背负青天,"叭叭"而行
水上漂的轻功,顷刻大成

从这头,到那头。从此岸,到彼岸
一片瓦,可以踩着水,大步流星
没有一个人,可以跟上一片瓦的脚步
像一只小鸟,张开飞翔的翅膀

故乡的瓦片,是有翅膀的
没有翅膀的日子,可以用薄石片
碎瓷片,小木片,多少年后
在一滴水里,我仍能听见
那些"叭叭"的声响,状若武林高手
在时光深处,踩水疾行

4

络麻是列着队过来的,像一大片
夏日的森林。绿色浸染,春意深浓

一名诗人一条河

春天太浓了，就浓成夏日
夏日的水凉了，就凉成了秋天

童年的沙地最清楚一条湾的季节变迁
苦楝树开花的日子，可以把自己
在水里，洗一洗。寒露之后
只把络麻在水里洗一洗

洗白了麻筋，洗黑了湾水
那一滴透明的水里，有了乌黑的眼眸
多少次回眸，也不能喊出沙地的咸和苦
一条湾里，有沙地的风和日丽
也有沙地的暴风雨，和潮涌

我问候湾里的每一条小鲫鱼
每一只湖蟹，每一只河虾
每一条昂刺的尖背上，都有水流的晕眩
秋天过去，就是冬天

冬天令人留恋，让人怀念
那些被季节冰冻的水，仍是如此
晶莹。仿佛重生

5

把瓦片甩冰上，把碎石扔冰上

那些冰上的舞蹈，如此迅速且神奇

一只鸭子，可以跳出天鹅的舞步

一只鹈鸰，"唧"一下，飞过一条河的彼岸

一个人，若站在冰上

亦"倏"一下，溜过一条河

冰把水凝固，把距离拉短

把时间和空间，冻得瑟瑟发抖

站在岸边，以沙地的土竹做竿

敲一个冰洞，投一粒钓饵

一条鱼，以冰面为台，跳舞

终于凝聚成，一尊栩栩如生的雕塑

以目光搜索，从南往北

自上而下，从百年前，到百年后

一条河的每一滴水

都是一尊雕塑，容着你我

6

没有人知道，一头水牛的秘密

没有人知道，它是怎样奋力地行走在

一条湾的脊梁上，一步一个脚印

它只把脚印，埋在水的深处

牛拖着船,船也拖着牛
一头拖着船的牛,无法停步
只能往前走,把所有的目光
收回到眼前的一滴水,一声牛哞

牛只想往前走,默默地走
除此,便无他途。牛是好牛
船是好船。水是好水。
浅浅的一湾,托起一头牛
和一个村庄的童年

7

蒹葭苍苍,白露为霜
湾边,每一棵新生的芦苇
都带着星星的光芒。从天空
落下凡间。一条河,自带星光

左边洗衣,右边放羊。一年蓬
天堂草,都在一湾水的哺育下
向上生长。一匹羊又宽又扁的唇齿间
咀嚼着一条河的芬芳

我以双手掬起芬芳,亦掬起
星光。喝下一捧星光,我就是一个
灿烂的人。行走在人间

的黑暗处,亦闪闪发光

我说的每一句话,写的每一个字
都带着一条湾的气息,沙地的气息
告诉见到我的每一个人
我的故乡,在一滴水里

8

自一滴水出发,回到一滴水里
有故乡的人,是幸福的
坐在党山湾的彼岸,廊道,像传递
幸福的桥梁,伸向远方

与一条湾平行的,有水,有路,有廊道
有桃,有李,有春风
还有一个一个漂亮的村庄
一张一张带笑的脸庞

书院路、惠和楼;勤诚党湾、梦里故乡
党山湾,一条河的黑白记忆
一个湿淋淋的眼神
让人看见山水,留住乡愁

我看见:一腔春意,在一滴春水中
发芽

唐诗在城河里添韵（组诗）

谢鸿雁

◇告　慰

太阳没有短板

把萧山段城河晒得伸个懒腰

我说

你进入世界文化遗产名录了

你抖了抖睫毛上的水珠

我附身

又说

你进入世界文化遗产行列了

风过

杨柳伸出女人的兰花指

开启自动模式

涟漪与灵魂和闪烁碰撞

河上的桥更加风流

◇河与船以及桥

有水就有河

不是地壳运动的产物

是人工的配方

晋代贺循的每一个声音

都是神圣的福音

有河就有船

当年城河里的船千姿百态

民船挣钱养家糊口

官船送快件

海产从南方起锚

文人墨客从这儿起程

不知道当年谢灵运出游坐的是哪种船

遥望天空低头戏水

吟唱一首首千古绝句

有河就有桥

萧山城内叫得出名字的还留着七座桥

有人称它们是旗袍上的纽扣

从凌家桥到回澜桥

每一座桥都严肃认真

以石条为基质的作品形态各异

就连乾隆也要来观赏一番

桥下的水女人般婀娜

水上的桥玉树临风

当年战船红船河船民船

从哪个驿站与今晚

对接

这河里的景观

◇春风不改旧时波

我用文字记下你的床

放心让水去亲吻吧

床

你让我见证历史

我让你进入诗行

让萧山

放慢脚步去体味时光留下的涟漪

天地间

黄土中

时空后

一条时间线将我们连接

你的每个姿势我都熟悉

我的每个发音你都明了

你的态度就是我的态度

黄昏在城河这里聚会

你的背景里没有星星

月亮开了

每个黎明的到来都让我们期待

你依然流淌

我还有梦想

◇唐诗之路

诗人的灵感在城河上飘忽

一船又一船的绝句在城河上升起

你告诉我们曾经的城河

是清明上河图的翻版

却没有秦淮河的香艳

李白王维白居易都是城河的知音

你坐拥四千米城内河道

以另一种方式展示城河的芳华

你注视着熙攘的人群

看见桥上

我们与古人不期而遇

唐诗之路的美景以饱蘸生命的画卷再现

流传千古的诗歌是最好的铭记

那些绝句就是留给我们到此一游的刻画

水和雨在城河较量

亘古

桥却定格了城河的容颜

◇消逝在尽头

岁月把你提炼成智者

你把守护人挥霍得体无完肤

城河因清而无鱼

垂钓者却流连忘返

穿环保衣的人驾船在河里威风八面

打捞难得的浮物

两岸音乐闪烁歌声四起

或太极或打牌更有健步遛狗

这样的风生水起

就连当时指挥开河的贺循也会来凑热闹

其实城河已经游离于现代

水草和青苔把你托在水面

河边的汽车比船快

子孙们捧着自家的瓦砾涕泪纵横

新起的大厦在河边舔着伤口

城河在虚幻中享受追捧

却又追忆往日情怀

◇城河边的小娘生

掬

城河的水

润

我的口舌之燥

我儿时的故事绵长

曾经的夏天

农民

一船西瓜从家门前撑过

岸边的孩子个个成了大圣的徒弟

他们以一条优美的弧线融入城河的怀抱

爬上水泥船

把西瓜一个个搬到水里

爬下船

把水里的最爱推到岸边

运到家门口的道地

吆五喝六

拿早早备好的刀切开

吃在一片欢笑中狼吞虎咽

无奈

船老大只好骂句小娘生

作罢

◇江寺在梦笔驿的地盘

那个清明节的

午夜

李白做东

梦笔桥

欣喜若狂

谢灵运提着双叫谢公屐的登山鞋

匆匆赶来

还有王昌龄白居易

更有陆游鲁迅周作人

一干熟人

梦笔驿的灯

掌起

李白说这酒不是我们当初的酒

今晚不作诗

谢灵运接句

这供品怕是你攒了几个朝代了吧

抠门

李白怕失面子

爬上房梁拿些纸道

这东西倒是攒了几个朝代

送

你们

梦笔驿见证

中国最古老最时髦的文房四宝之一

一组水的颂歌

——致小砾山输水河

祝美芬

◇水之圆舞曲

白马湖东首的一个古村落

尘埃中还依稀漂浮着五百年前的音符

从白马湖中跃出的旋律

顺着婉转绵延的河流

时而打旋,时而迂回

伴着优雅的圆舞曲

旋入一个叫湖头陈的美丽花苑

花苑旁的这条河

河水清澈如镜

细雨中的花团似五彩的祥云

朦胧地悬浮在两岸的河堤之上

河水中幢幢花苑的高大投影

现代的时尚在光影中摇曳成幸福的眩晕

这是一条输水河

河边的古村名湖头陈

五百年前

一名诗人一条河

来自山西太原的陈氏祖先
在这白马湖的东头
定居,繁衍
依水而居
历史的生存法则

湖生河
河伴湖
河湖之畔
五百年前的陈氏
一直延续至今
复兴寺的香火鼎盛
投射下代代相传的虔诚

湖还是那个湖
而河则是迭代之后的新生
她哺育,她灌溉
她是一位胸襟坦荡的母亲
滋养了一代又一代
在一片闪着亮的波光云影中
湖头陈的日子演化成一支
明快优雅的圆舞曲
最后静止成一河清亮的水滴
水滴中折叠着久远的历史之光

◇水之进行曲

六十多年前
开挖了这条输水河
水来自小砾山
几位须发皆白的八十老者
围坐一起
回忆自己的峥嵘岁月

那时沙地垦区土地咸碱
板结的土壤长不了庄稼
沙地人民吃不饱饭
需要把这里的淡水引过去
灌溉那些板结的土地
老伯们的言谈恳切
话音中流露出
惺惺相惜的同胞之情

我们那时年轻
都参加过小砾山排灌站的建设
挖过烂泥建过闸
很苦　很累
我们没有一句怨言
因为沙地片缺水吃不上饭
理由很简单
想法很简单

于是小砾山的水

汇聚着钱塘江、富春江、浦阳江的灵气

流经白马湖

流经这条输水河

流入官河

再流经通向沙地的一条条人工河

源源不断地输往那片咸碱干涩的土地

于是土壤慢慢松软起来

庄稼慢慢绿了

沙地人民凝结在脸上的愁褶慢慢吹开了

那时候每值灌溉季

我们湖头陈总是被水没过

村道被没过，田地也淹了

可小砾山的水还得不停地排

因为水还没有送到沙地片

那边缺水干旱，土壤板结

庄稼会没收成

于是我们不吭一声

老伯们的言语中没有一丝埋怨

只有不时的唏嘘

只有对沙地人民的一腔怜惜

理儿很简单

想法依然很简单

就这样小砾山输水河

把三江口的水

通过白马湖

流经它这里

送往老伯们想象中的远方沙地

言谈中老伯们的眼神悠远

仿佛眼前浮现出沙地片

一方方咸碱干涸的土地

看到了打了蔫的庄稼

看到了沙地人脸上凝着的愁云

而输水河的水

虽然淹了自家的田地

淹了自家的村道

但不会有一句怨言

因为沙地片的水还没送到

那边的田地在等着

那边的庄稼在等着

那边的人们在等着

理儿很简单

想法很简单

◇水之变奏曲

为了寻找水之源头

我一路探寻

目标锁定小砾山

我将小砾山引水枢纽

设为导航定位

这是一座新的引水枢纽

听说它的排灌能力远超从前

沿着三江源岸边的滨江路

来到小砾山的北山脚

我目睹了小砾山引水枢纽傲然的身姿

它抖擞着排灌万顷的气势

屹立于烟雨迷蒙的三江口

它与钱塘江、富春江、浦阳江笑语相接

一派气定神闲

听说这里的水排往湘湖

众所周知

湘湖是萧山一个活态的饮用水备用源

如今的沙地片

土地早已肥沃

庄稼不再受板结之扰

六十多年前那座老小砾山排灌站

已完成了历史赋予的使命

而这座新小砾山引水枢纽

则承载起了新的历史使命

曾几何时小砾山之水

源源不断地输往饥渴的萧然大地

循着历史的足音
我沿小砾山的山脚继续往南
寻访至它的前山脚下
那座六十年前的老小砾山排灌站
如一个历史的亮丽音符
静静停歇在山脚下的河道中
历史的沧桑容颜中依旧有
耀眼的荣光跃动

小砾山这处地名
连同排灌站这个重要符号
在数十年中
传唱于湖头陈
传唱于沙地人民
传唱于萧山百姓的心中
这是对水的敬畏
这是对水的膜拜
这是对丰衣足食的渴望
这是对生存的精神依托

数十年间
它敞开江水般博大的胸怀
曾容纳了人间多少的疾苦
它是一位无上荣光的善施者
将三江汇聚的精华连同博爱
源源地输往干涸的土地

输入百姓的心里

它滋养大地

也润泽生命

它输送水源

也输送人间真情

它是水之源头

也是连接萧山百姓心灵的友情纽带

一棵六十多年前栽下的老樟树

在老排灌站岸边默然不语

树叶间藏着六十年间的时光秘语

一旁的简易楼宇里有工程人员陆续进出

如今这里正在修建外江滩排水口堤抢险工程

为了驯服这三江源的水

断了它的肆虐

发扬它的优势

这一新的水利项目必将

造福千秋万代

◇水之畅想曲

小砾山并不高

我拾级登上砾山庙

西面正对的便是三江源

面向西边站立

右手边是由北向南的钱塘江口

正对的便是东西向的富春江口

左手边那条便是浦阳江

三条江带着各自的地域基因

在此汇合

如此的风水宝地

一庙护佑三江口

也护佑所有萧然子民

管寺庙的一位当地村民

言语之中流露着对小砾山

这方宝地的由衷热爱

二十世纪五六十年代修建的

小砾山排灌站

在当时是稀罕的水利工程

全萧山就这么一个

他的言辞铿锵充满豪气

建闸造站时期

有很多来自瓜沥义蓬党山的壮劳力

他们全都投入了这场建设

他们住在山边的村民家中

每家每户都住得满满当当

一直住到工程完工

前后不知花了多少时日

他讲述时目光炯炯

恍如又看到了当年那幕

一名诗人一条河

热火朝天的光景

汗水浸湿了脊背
挖烂泥挑担子
手脚起茧肩头磨出了血泡
为了能将这三江源的水
输送到萧山南北的万顷良田
大伙儿心往一处想
劲往一处使
谁也没有半句怨言
只为了让这水
润泽那些饥渴难耐的土地

水，生命之舟的承载力量
水，润泽生命的不二源头
水，世代膜拜的生存之神

一座并不高的小砾山
却有着很高的精神之义
它因排灌而名闻萧然大地
它是一座山，又不是一座山
它是百姓口中心中的一座丰碑
它承载着滋养子民的万千重任
它承载着对生存之本的渴求与追寻

河道在历史中变迁

排灌站担负的重责

也在时代更迭中蜕变

但小砾山之水

作为水之本源

水之意象

它永远都不会改变

水,生命之源

水,经济的命脉

水,连接人与人心灵的纽带

水,永远如一曲悠扬的旋律

激荡人间

去大浦河的路上（外二首）

王　毓

被钱塘江的水牛狂追
头顶飞机奔流不息
去大浦河的路上
离蓼茸蒿笋的生活有多远

着色于无尽的流淌
春天，并无知晓一条小河的姓名
在孩童的冒险中，踏着波光粼粼
增高的绿荫把未来投在河面

这一条河，并不需要阅读
只陪伴两行脚印变成地图
地图拔起为岸上的家园
蒲扇轻摇，奶奶倚偎在暗香旁

◇河边的禅师

认出河面立起的佛陀
举一截青白山脊刨出金光的人
轮回的春色止于此

在袭人芬芳中开辟一条河
一座桥就是一句停顿
最会讲故事的人，度人还是度己

冲出丛林的燕子割一段碧纱
沉落为大浦河时
游鱼的快乐比树荫和倒影更近

岸边，手牵手的石凳凝望奔跑的孩子
静坐数息比流水更长
哪个神，不热爱能随处歇脚的娑婆世界

呓语，鸟空啼，步入明月
幽绿的波光中，放飞一只蓝口罩
新颖的风筝朝拜岸上的日日夜夜

◇邻居，收留我平庸的一天

偷吃隔壁家的狮子头
细细的河流掩映细细的哭泣
我与孤独之间，仅隔一条河
泥沙会包住疲惫流行的夜晚
复苏在混凝土中凋零的花蕊
我的邻居，河床坚固
能呵护一双爱哭的眼睛
发酸的眼眶，绿得幽深

二十里内，每扇窗

都居住姹紫嫣红的热闹

视而不见的姓名在水里沉淀

"我叫大浦，一天有七十二个表情"

看到的人，盛产涟漪与长堤

柳黄涤荡出亮晶晶的瞳孔

洋蓟拥吻层叠的遗憾陷入河底

毛茸茸的苔藓盖住浪花翻飞的口舌

……

大浦，收留我平庸的一天

偷走一位即将在城市流尽眼泪的女人

北塘河地图（组诗）

李郁葱

◇北塘河地图

三十六千米的长度,从西面
引入了咆哮的钱江之水
向东,一直向东,到三官埠
这浑浊的水,从暴烈变得温柔
流到长河、西兴、城北、长山、新街
光明、坎山、瓜沥、长沙、党山……
横贯在整个萧山北部平原之上
让萧山有着海一样浩瀚的波动

灌溉,运输,在这沙地之上
曾经在建造中又被坍塌的,聚沙成土
从海的界限里围垦出这城市的一隅
香樟、石榴、水杉……它们构成
白鹭爪子栖息的梦幻之地——
那么听到那些风声,那些采石的声音
那些开掘的声音,那些在喧嚣中
被卷入我们倾听之耳的机器的轰鸣

它们形成一个时间的旋涡：
从 1977 年 12 月出发，在三十五米的河面上
陡峭的高度，俯瞰六十万亩的耕地
上游之水淡兮，上游之水清兮
洗却沙地上的盐碱，洗出风的形状
这些高楼、街道，和绚烂的车流
这些在时间里被洗出来的底色
在沙土中让我们尝到那微微的眩晕

◇从河面上掠过的麻雀

如果飞得更低一点的时候
它们看到了自己的影子，像是
这春水藏起了它们的脸庞
这小小的火，在树枝上
在屋檐下，在广阔的大地上
它是一缕虚无的风
吹过我们的波澜不惊

像那些钓鱼的人，水面之下
需要更多的耐心——
水在不断地加深，而非改变
在时间的雕刻之手中
它们在暗流静探里，犹如
一个深渊：麻雀看见了那张脸
突然飞起，它被自己所惊吓

三五成群中,它的孤单
不是数字里的孤单,而是
镜子的孤单,在那种反复的映照里
那种被鹰所抛弃的聚集
一条宽阔的河面之上,一个
在陡峭间形成的地域,在麻雀的
后退中,呈现出这城乡的地貌

◇张夏庙前远眺钱塘江

潮水在他手指的方向奔涌而来
又奔涌而去。变就是不变。奔涌是水的翅羽

它缱绻于这罅隙中的土地,每一粒沙
都反射着太阳的光泽,又能够倾听到黑暗

在大地的暗处,人间的龃龉:比如战争
和飓风,存在于镜子里的拓扑学

学会了双手互搏,学会了起伏转承
学会了开凿,把江水引入干涸之处

劫富济贫?只是用浩荡之水,一遍遍
拭擦着我们流淌着的苦涩和咸味

让它们能够成为立锥之地,在一粒又一粒

紧密的拥抱里。开挖,流传,如果快马可以加鞭

但那个从倾覆的舟中掉落而眩晕的人
血肉之躯突然虚无成神,骑上了滚滚潮水

这是方寸间的咆哮,直到这河面上走过的
风平浪静:如果那塑造中的人能够听到我们的声音

大汛河（组诗）

孙昌建

◇大汛河流过知章村

一条河流只能看其中的一段
公元 744 年或 2021 年
星期天幼儿园放假
不见小朋友笑问客从何处来
从哪里来，到哪里去
到知章村寻找古老的答案

答案写在大汛河上
诗人说二月春风似剪刀
河埠头有三五株油菜花开
正好趁着春光梳妆一番
河水清澈啊，云朵也在行船
那船上是否也是乡音无改

改了改了，河上还有另一种船
专门打捞时间的漂浮和碎片
这可能就是清澈和永恒的答案
我亦问乡亲：知章小学在哪

答的多是普通话：你指哪一所
哪一所都是碧玉妆成一树高

不改流向，也无改故乡的春光
大汛河就是一面古老的镜子啊
映得出越乡风云和沧桑巨变
那一天我走的是秦家桥
可无论姓什么，河就是河
哪一条都是春风不改旧时波

◇河　长

说大不大，说小不小
说深不深，说浅不浅
河边的牌子上赫然写着二字
河长

最早有河伯娶妇之说
说河伯每年要娶一个女子
可怜的人啊被推下河去
就这么活活地溺亡

也有三过家门而不入之传说
大禹就这样被人传诵
靠疏而不是靠堵
河水且清澈且流淌

流到今天就有了河长
无论走过大汛河还是钱塘江
都该有一首诗写给河长
这最好的诗，出自老乡贺知章

◇春风啊

春风啊
吹我走过大汛河上秦家桥
我在桥上等人
春风吹起了你的波浪

你的波浪
让我在那一年掉下了河
还有那一把随身携带的剑
和一首没有完成的诗

后来我每一次从河边走过
我都想着我的剑我的波
春风啊，你能再吹一次吗
吹我走过大汛河

一只黄鹂鸟衔来南门江的春天（外二首）

吕　煊

从南门江远眺，越过高楼和绿地

可以见到碧波汹涌的钱塘江

我在航拍的图片前

不需要想象

这是一条由南往北的河流

全长也只有七千米

在萧山河道密布的城市里畅流

它的每一处的弯曲都有故事

一个在河道边钓鱼的老人

他靠着柳树眯着眼

左手握着鱼竿

右手的香烟冒着青烟

我不想打搅他的清静

只想看看他的鱼篓里

是否装有今天的收获

树上的黄鹂鸟

却不合时宜地呼叫起来飞走了

老人抬头看看我

平静的湖面，依然是来时的安静

◇一群蝌蚪告诉我春天来了

沿着南门江往北走

会遇到很多树,当然还有很多花草

在这个午后,河边的一群群的蝌蚪让我惊讶

它们像拥挤的词语,通过水波缓慢聚集

一种浓密可以演变为树荫下的黑

这些黑色的子弹,它们使用密语交流

路上的繁华忽视了这里低微的吟唱

这个孤独的午后让我拥有了发现宝藏般的甜蜜

它们只是告诉我春天来了

它们将为人类带来一个盛夏的蛙叫

◇想坐一条小船去看贺知章

这是诗人的故乡

平常的午后街道里人来人往

问了几个人,都不知道贺知章住哪里

在另一个路口,我们发现贺老喝醉了酒

正骑着毛驴往回走

毛驴估计也被酒熏,红着脖子,歪歪扭扭

旁边两个顽童指着贺老笑哈哈

这个村头小品

再现了贺知章《回乡偶书》的要义

来萧山我们从南门江到大汛河

一名诗人一条河

我们经历了诗歌的盛唐来到贺老的故乡
那些烦琐的韵脚都成了我打发船工的银两
我想留下那些没有喝完的水酒
那些用南门江水酿的酒
再留几盘茴香豆,还有几册翻开的唐诗
坐一条从南往北的小船去看贺知章

萧绍运河（组诗）

涂国文

◇一个水命的人到哪儿都能遇上水

一个水命的人到哪儿都能遇上水

在信江和鄱阳湖的涛声中降生

在西湖、钱塘江和大运河的波谷中

老去青春年华

在长江与黄河的奔腾中

确认自己的父母之邦

一个水命的人，怀揣着盛大的水

在河边行走，与水结下血亲

他有时像从洗脸盆中拎起一条毛巾一样

将游步栈道边的河流拎起

濯洗自己沧桑的面容

有时又将河流像白色围巾一样

搭上自己的肩头

扮演当代李白

一个水命的人，命里缺金

他将自由的风、不断变幻的云

149

和膝盖上的钙,视作人生

最贵重的黄金

一个水命的人,甘愿投入一条

浩渺的水流

去滋润自然界的花草木石

在相生相克中

完成生命的轮回

一个水命的人带着洪水在旅行

一个水命的人

到哪儿都能遇上水

在萧绍运河岸边,他紧紧攥住

一条披垂的柳枝

以柳枝做笔,在春天的波心

画下一圈圈涟漪

◇到萧山观看春天

到萧山观看春天。观看一场水的浩大演出——

一出改革版的越剧

剧目:《蝶变》

主角:萧绍运河

"咿呀——"一声,从她轻启的朱唇中

飞出一行燕子

依旧是小桥流水的古典身段

头簪乌篷船
左腮桃花,右腮樱花
杏花尚未出墙,藏在云鬓里

杨柳织成的旦帔上
绣着一轮朝阳
她在春风中甩出一条古纤道的水袖
迈着唐诗的莲步,从逼仄的舞台转出
从浙东启程,穿越历史烟云
赶赴当代

阳光越过蒙山,驱散江南的薄雾
官宦、商贾、帝王和文人们
幻影般从她身边飘过
她美目顾盼,舞步盈盈
怀春的心思
在五水共治的唱腔中,沉沉浮浮

半阕清词
浅唱低吟
颠倒众生
惊艳时光

◇我的窗户连接着人间所有河流

我的窗户连接着人间所有河流

一名诗人一条河

"无穷的远方，无数的人，
"都与我有关"

最靠近我的，是小区围墙外
一条生活的河流
街道上翻滚着的昼夜
沉浮着人间悲喜

我的窗户，是起点也是终点
我是一条鱼，每天从窗口溯流而上
与征帆一起出游
又与归帆一起靠岸

那些被风卷起的波峰
是我胸中累积的块垒
那些被云压陷的浪谷
涌动着我对人世的悲悯

此刻，它在我眼中叫作官河
横贯萧山大地的母亲河
就像千里之外，横贯我一生的
信江

里自横河诗（组诗）

孔庆根

◇导航，贴近里自横河

我们像蛇曲折向前
贴近未知的河道
直到气派的桥梁横立，压着鼻梁
靠边停车，眼前就是里自横河
宽阔的水面，清且涟兮

远处传来隆隆的响动
这是来自古老大地提速发展的轰鸣
高楼拔起，商家进驻
车疾驰，人们脚步急促
像水波从远处涌来
进行着一次新的冲刷

河岸边，依依垂柳之中
菜花从巴掌大的菜地升起一团金黄
其中，老人模糊的身影穿行
像在诉说着对土地的深情
像在对滚滚而来的都市殷殷叮嘱

流水对两岸土地的灌溉
不正是发展对未来的滋养

◇记新塘龙舟

原来,划龙舟未必在五月初五
纪念屈大夫也不是唯一
至少在萧绍平原,古越国的一隅
曹娥才是这一带百姓心中的神
她自投江自尽之日起,沉入人们的心田
成为千古记忆

每年五月廿二的锣鼓敲响
一条条龙舟纵横在官河、里自横河及其他河道
风云际会,各表一枝
把张家、李家、各家的悲欢握住
划呀,划呀
向流水交出昨天的账册
一群人用力奔向前方

这注定是沸腾的时刻
目光锁定,空气凝固
加油助威声喧嚣
英烈之气弥漫
何惧困苦
宽广的江河任由驰骋

等隆重的祭奠落幕
满船的彩妆卸下
接受孩子们目光的抚摸
他们的心已站在来年这一刻

◇里自横河嬗变记

像所有的母亲一样忍辱负重
新塘百姓口中的母亲河——里自横河
宽广的河道曾发黑发臭
她的身子扎满违建的钉子

像所有的母亲都可能被过度索取
里自横河在经济大潮中被蚕食
她无声地看着汽车轰鸣
看着人们掩鼻而过
附近的民居向她关闭门窗
她的世界转入黑暗

2017 年的春雷响过
挖掘机的隆隆作业声横贯河道
挖出的淤泥堆得像山高
湿漉漉的面目掩盖历史的年轮
最老的可能为春秋战国
年轻的也许来自改革开放
它们都曾为人们所用
落到水里,亦属不幸

之后，它们铺在绿道或公园的下面
或者陪伴着河边的垂柳
它们静享人间的欢乐
也为里自横河焕发青春而欣慰

如今，里自横河成为新塘的河网之一
她和其他的河道交融
成为发展提速的新航道

老虎洞河三帖

张小末

◇春日赴老虎洞河有感

人间三月,柳枝泛绿
因春风而急于外出的人
在路上,甚至来不及分辨
盛开的是樱花,或是梨花

穿过一条著名的江
高楼、车流、湖泊,诸多庞大的事物
日暮时抵达此处
城市边缘,闪着光芒的河流

湿润的空气里,我想象她曾经历的过往
一个村庄的母亲河
无数次曲折的流淌,组成了她
无数次去淤而至清,组成了她——

百转千回,唯有春风慈悲
我看到那个浣洗的妇人,她神色安静
而不受外界干扰
即使此刻,春天又一次来临

老虎洞河正微微颤抖

◇对一条河流的追溯

"勾践曾行至此山
"猛虎惧其威严而退
"遂栖身此处而谋兴国大计……"

一个卧薪尝胆的传说
构成了老虎洞河流淌的谜底
而她真实的历史
也是一部与沉淤争夺的治水史

疏通河道,贯穿村庄
淤泥、沉船、虾笼、渔网
长满河面的水草……
覆盖着人间烟火的过往,被逐一打捞

落日春风,众河归江
一个村落的血脉,历尽沧桑而清澈如初
一条被命名为母亲的河流
在漫长的岁月之后,新如少女
干净动人

◇容　纳

站在青山张东桥头

暮色里,春风正吹过一条河流
这是一年最好的时节
春水微涨,落日在她的怀抱里闪光
让我忽然想起一个词:容纳

是的。一条 2.51 千米的河流
西起东旺二孔闸,东至后王寺闸
流经一个名叫老虎洞的村落,最终连通一条大江
她的过往,她的去向,她的前世今生
被描述得清楚而简单

沿途,是她容纳的一切——
鱼虾欢腾,水鸟翔集
水草淤泥,渔网沉舟
春风秋月,落日星辰
一个村庄的烟火,春风里沉醉的欢愉

啊,一条河可容纳的事物多么有限
又多么无限
几代人的命运,曲折的流年
红尘里黯淡的身影
多少无法言说的爱与恨
多少次对远方的奔赴和停顿,此刻
都一一回归

在一条河的源头,我们凝视着落日
和自己短暂的一生

探访一条河（组诗）

朱振娟

◇顺坝环村河

这一条名叫环村的河
从钱塘江的潮汐中涌来
绕过村民黝黑的脊梁
在岁月的拔节中
滋养着滩涂上年轻的村庄

绕村而至的河
打捞出山水江南的神韵
抖落着柔软沙土的馨香
环村河绕过的荒地
变成我绿色的家园

那些触手可及的回忆
浸润着弄潮儿的血脉和胸襟
我躺在母亲河的臂弯里
看到勇者踏浪
古陌成新路

◇池　鱼

我把鳞一片片拔去
想羽化成龙
可终究翻不出泥沼
那一潭死水

养蚕人的手
为我扒开了堤坝
清理了河床
我裸露着闪亮的肌肤
唱着快乐的歌子
仰望苍穹

我心中那一条隐秘的河流
冰与火酿出甘甜
今夜，我用双鳍举盏
与你对饮

◇探访一条河

我渴望见到一条河
一条从母亲子宫里分离出来的河
她站在村庄的尽头
张开双臂是鸟的模样

我从浙东运河的源头走来

一名诗人一条河

奔向钱塘潮涌起的方向
那里奔腾着一条年轻的河
环绕着蓬勃的庄稼

我曾经探访过许多河
每一条都欢快或痛苦地
在我的心头穿过
只有这里
河面的白鹭飞翔成歌

我不想你再走入黑色的夜晚
钱塘江的渔歌点燃圣火
明年的这里
亮如白昼

抢险河行吟

金阿根

淅淅沥沥的雨滴
敲打着我的心房
抢险河的水满了吗
沙地人早已不怕旱了
乡愁是一条悠悠的河流
河水便是母亲的乳汁
思念是一根长长的丝线
一头是小河一头是大江

抢险河就这样缓缓流淌
静静地流过你我的身旁
老人们心里早没了忧伤
却难忘潮水冲顶的辰光

雨停了,我来了
诗意和心情伴随着春光
两旁是整齐的石坎
两岸有绿色的屏障
风儿轻轻吹过
荡起粼粼波浪

一名诗人一条河

蓝色的天空有白鹭飞过
绿色的大地倒映在水中
一叶小舟停泊着
不是野渡何须舟横
河水流过了五十五个春秋
摇曳着新土地的繁华

逐一河清水,洒千缕阳光
穿越世纪隧道的光
宁围人用勤劳的双手
书写一曲曲生活的乐章

◇小　桥

记忆是往昔的月光
乡情乡音又怎能忘
脚步总是匆匆忙忙
走在平坦的小桥上
我的脚下本是草荡
泥水、芦苇和荒凉
你知道的从那时起
一群挖掘者挥动锄头
河的开挖使桥的建成
仿佛是渔夫拉起牵网

把两岸风光紧紧拥抱
为行人车辆提供方便

不再是鸡犬之声相闻
不见了老死不相往来
卖豆腐的在桥脚下吆喝
钱塘江的鱼在摊上蹦跳
带着尖尖露珠的青菜
还有猪肉鸡鸭和土豆
雾气和着水气与人声
桥头的热闹在光中升温

田园村庄,小桥流水人家
书写着历史,穿越着时光
桥面上是朝霞夕阳
桥下的河水潺潺流淌

◇护河林

那些郁郁葱葱的树木
在两岸土地里茁壮成长
护卫着河流跳动的心脏
筑起一道绿色的屏障

一只鸟从浓荫里飞出
无数朵杜鹃花悄然开放
河水在他眼前泛起涟漪
朝霞与鸟鸣交织成早晨

把爱情的种子埋入泥里

一名诗人一条河

绿色的希望成永恒的主题
穿梭于春夏秋冬的河流
连同树林，滋润这片土地

东风吹拂，杨柳轻飏
拨动了季节的那根琴弦
如排成队列成行的战士
守卫着祖国的山山水水
那一道长长的护河林呀
也写进了水文化的文章里

◇军民闸

一个名称有一个出处
也许还有流传的故事
你知道宁围镇名的含义吗
围成的土地希望安宁
还有个顺风顺水的顺坝
于是我知道了这个军民闸
是军民共同建成，也或
军民共同使用，旱涝保收

还记得五十五年前那个 1966 年吗
老实巴交的城北区人，在顺坝
还有当地驻军和江干区的农民
组成一支浩浩荡荡的围垦大军
吹响了战天斗地的号角

迈开了围垦造田的脚步
靠的是铁耙泥锹土箕和扁担
2.25 万亩土地的成形
正式揭开萧山大规模围垦的序幕
从此,萧山增加可耕地 52.62 万亩

军民闸,心与心的碰撞
军民闸,水与水的亲吻
隔开的是,钱塘江潮水的肆虐
疏通的是,大江与小河的交融

◇风景线

就是当年开挖的抢险河
起于利群河止于顺坝环村河
仅仅是 2.3 千米的长度
居然,流经了六个村子
润湿在这一片土地上
我似乎迷失了回家的路

往事的思念,开满了田野
是一朵朵花,是一片片云
父亲双手推着独轮车
吱咯吱咯声响在络麻蓬里
那个陈旧了的车壳
还静静地竖在墙角落
如今,高楼替代了当年的草舍

一名诗人一条河

屋旁这条小河躺在你的怀抱里
父亲在这里担水浇地
母亲在河埠头剥着蚕豆

有镰刀割着希望的田野
有双手收获丰收的喜悦
苗木、花卉,鲜花盛开
新土地上的乡村生活
一个个村庄是一道道风景
引来多少城里人羡慕的目光

陈家园的河流

莫　莫

1

河流以东,青石板盘在碎片垒起的山坡
植物郁葱,有新街小镇独特的草木气质
坡下溪水汩汩,流向民居,也流向田野
流向河流以北的"天圆地方"
流向它爱的方向。每一片水花都爱颤动
都藏着河流有关生长的预谋

2

河流试图拂开陈家园的民居
但人从建筑物里出来,趁着夜色轻盈又围拢
闻过车间雨披布的塑胶味、金属的铁锈气
田野的土腥气或炊烟的乌焦味的鼻子
是急于嗅到河水芬芳的鼻子
是嘴巴急于叫出那句:"走,去大米埠荡荡!"
可以在梦里重塑河流以西
乌篷船划过河面,老父亲上岸买米的场景

3

写河流，写一个装水的容器

写她宽阔的胸襟包容水的温柔温暖温情

写她冷静，在水化作猛兽时圈禁

写村庄作为汪洋或草荡的前身时

一条河如何让自己界限分明

她把陆地拴在两侧，并从远方载来新人扎根

一条河有建立新世界的野心

一条穿过陈家园中心的河流

经历钱江潮水冲洗、经商船只行经、游人来来往往

见证潮冲潭泊船、大米埠交易粮食的辉煌过去

一条建立新秩序的军民共建景观河

如同系在美丽村庄陈家园腰上的彩带

以自产苗木覆盖河岸的杂草

以石径游步道代替泥泞的小路

两岸立体雨披墙绘、大米埠公园白墙黑瓦

一条河会忘记自己过去的样子，一条河

可以把过去贫苦部分的日子遗忘

写河流的内心充盈希望，不再是装水的容器

写一个滋养村庄的中心

也是书写一村人的奋斗史

一条河流的走向（组诗）

陈开翔

◇访童家殿河

千帆过尽，人间归于岑寂
高楼与青山之间
一条河流隐姓埋名

靖江街头，一个外乡人
向另一个外乡人，问询着
一条河流的情况，童家殿河
一条年轻到可以与之称兄道弟的河流
从很多人的记忆中流淌出来

春风来来去去，一些沉睡着的往事
在四月醒来。沿着流水的走向

号子声传来，夯土声传来
围海造田、开掘河道……
一条条状若蛛网的运河
交织，在萧绍大地上
汗水凝结成

一名诗人一条河

　　一幅幅幸福画卷——
　　沿岸小院别致,绿树成荫
　　人们在阳光下翻晒笑容
　　靖安社区、花神庙社区……
　　一个个地名在手机地图上急剧后退
　　河堤很长,得加快脚步
　　追赶上远去的思维
　　或许,浮生半日
　　走不完,一条河流缓慢的
　　一生

◇梦中的河流

　　童家殿河畔,一排鱼竿沿河道铺开
　　一个老人,坐在小马扎上
　　倚着石头墩子,打盹
　　树荫将整个身子淹没
　　整个上午,他反复梦到一条河

　　一条河流流过梦中
　　那是三十年前的童家殿河
　　他驾驶着满载棉麻、稻谷的船
　　往返于围垦区与河埠头……
　　流水远去了,船只远去了
　　一个时代的记忆也跟着远去了

　　又一条河流流过梦中

那是十年前的童家殿河
工业污染严重,河面上
漂浮着一些说不清道不明的
物质。五水共治后,一条河流
在记忆中复活——

一条鱼游过梦中,随后
一群鱼游过梦中

醒来的时候
鱼竿上挂满了春风
老人晃了晃脑袋,试着
将一群鱼全都甩出梦境

◇风景背后的风景

童家殿河上,缓缓漂过来一个红点
再近些,隐约看到
那是一条小船。我猜想
那是一个闲人,酒足饭饱后
在河面上看风景

船到面前,才看清
那是一个老人,头戴草帽
身穿红色的救生衣,趴在小船上
打捞污染物,手中的竹篙
正吃力地拨弄着水面……

一名诗人一条河

　　猛然间,我深感不安——
　　请原谅我的高度近视
　　一条干干净净的河面上
　　竟然看不清,一道风景背后的
　　风景

◇与一条河流对峙

　　来到童家殿河边
　　思考着接下来的行程,这里
　　不是源头,也不是尽头
　　在一条河流面前,人本身
　　也是一条河流

　　多少年的故我非我,一条河流
　　变成了另一条河流的影子
　　我身负原罪——
　　一株水草面前,失去了草的韧性
　　一块石头面前,没有坚硬的初心
　　一条鱼面前,没有了多余的泪水

　　天空寂寥,有鱼在云端飞翔
　　一条河流,背负着另一条河流

◇一条河流的走向

　　有时候,河流并没有具体的形象

是尘埃,悬浮在头顶
是巨石,横亘在脚下
……
一条河流远去了
世间万物,还在奔赴着
一场声势浩大的
无水之汹

比如,此刻的童家殿河畔
香樟树落叶纷飞。叶子
模拟着船的样子,落在水面上
在春风中,没有一丝违和感
或许,这是一条河流中
一种孤独,过渡到
另一种孤独的形式

枝头上,嫩芽吐翠
一条河流在延续着
更为孤独的走向

牛拖湾（外三首）

苏微凉

在这里
每一条河的名字都叫牛拖湾
每一个男孩，都曾手握祖父的鞭子
抽打过空气，抽打
过黄牛的脊背

夏日里
一块金黄的水稻
一个小货郎，拨浪鼓声声
一首动听的歌谣
世代传唱……

现在，只剩下
新生的房屋，消失了的集市
一条河流，默默的弧线

◇关于牛拖湾或者其他

一个人走着走着就消失了
一条河流着流着就没声了
只有牛拖湾

像任何一个亲人
像祖国的任何一条河
像天上的银河、星宿一般
以另外一种方式，重回世上，将我
——照顾周全

◇素食主义者——访牛拖湾垂钓者所作

一个清晨或是黄昏
钟声响起
周围人群小声议论着
一个垂钓天空的人
布下密网，将小鱼小虾
全部收入网中
再垂钓，撒网、收网
动作娴熟。河边的秃骨木
偶尔发出微鸣——

把所有的鱼都放回河中
在天黑了以后，垂钓者如是说

◇辛丑年三月牛拖湾河有感

依河而居的人们
河边洗衣
河边淘米
只有他乡客，在河边

月下洗骨
以及方言的歌谣

洗净半世漂泊
洗净匆忙的一天
损伤的骨头
洗净暗夜里隐隐作痛的
旧疾——

河水汤汤,一牙弯月淹没于树梢
梦见枯坐与河流对峙,抑或老朋友
谈心,在某个休息日

永丰直河水长流

周　亮

沧海桑田
弹指一挥间
人生哪
短短几十载
永丰①直河水长流
长流

◇永

永远
有多远
一条河要冲撞多少的高山
才能归回大海
一个人要经历多少的争战
才能归回安息

曾经以为
山是永远的,地是永远的

---

① 永丰:康熙年间大学士高斌诗"葛岙山前江溜行,中门直下候潮迎……坎山北望赭山红,遍地桑麻乐永丰"。诗的前半部分白描钱塘江坍江情形,后半首描绘江岸桑麻遍地的丰收之景。"遍地桑麻乐永丰",永丰直河取意从之。

一名诗人一条河

后来知道
山是大海的礁石，土是大海的泥沙
山无陵，江水为竭
原是造物的主轻轻覆手

曾经以为
水乡是永远的，乡村是永远的
但我看见
穿村而过的河流铺就了柏油，水田种上摩天的高楼
六十五①年一瞬间
永丰直河水长流

清凌凌的永丰直河呀
水波不兴，水势平稳
雨水淘洗过两岸盐渍的土地
河水浮托过长长的牛拖船
乡下人家
曾经舟楫来去

清凌凌的永丰直河呀
水波不兴，水势平稳
航船不见了，岸边的车流望不到头
几十年来，岸边的水杉越长越高
逆流而上的钱塘江鲥鱼
还是一如千年之前守约而来

_____

① 六十五年：永丰直河1956年开挖，距今65年，是一条排灌、航行的人工河。

永远

有多远

河岸的杜鹃花怒放

永丰闸啊,巍峨如同宫殿

永远有多远

爱与恨的千古愁

◇丰

永丰直河上七座桥①

南阳桥,祈愿没有黑暗,光明相随

万隆桥,祈愿生养众多,诸业隆盛

美和桥,祈愿风轻日丽,相敬如宾

上桥的这位呀

愿你如愿,如愿而归

河呀,你从何时流来

哗哗、哗哗流淌

想要急速发财的

穷乏临到他身

诚实耕种田地的

日见兴旺

春雨秋雨按时降临

---

① 七座桥:永丰直河上有七座桥,分别是南庄桥、南阳桥、万隆桥、美和桥、永丰闸桥、港城大道立交桥、新塘线立交桥。

一名诗人一条河

滋润田地
洗去满面的尘埃
冲刷盐碱的土壤
小满大满河水涨溢两岸
永丰闸前水急流

七月流火
闸门紧闭
河水哗哗上流
河流默默孱弱
田园青青
青青绿绿

旅程已经终结
力量已经涸竭
前途已经断绝
寂静似乎来临
新的雨水从天而降
田野焕然一新

河流是否因舍去而变更穷
万物是否因享受而变更丰
生命衡以所失并非衡以所盈
谁受伤害最深,最能将泪水拭去
永丰直河水哗哗、哗哗
懂得施予的更多幸福

◇直 河

弯曲的
什么时候能将它伸直呢
永丰直河哗哗
哗哗
子在川上曰
逝者如斯夫

南阳横河(组诗)

高迪霞

◇赭山湾闸

赭山湾闸喷涌出乡愁
像一个醉酒的归人
跌跌撞撞寻着了家门
却扑倒在门槛上说了一大通话

也不知是谁帮着整理了衣衫
阳光洒在被一夜的梦揉皱的棉褥上
昨晚记忆的闸门很重
回归的滑轮拉了一个晚上

醒来的清晨
日出钱塘
南阳横河静静流淌

◇与直河

男人用肩头剖开山石
女人的目光缝纫了大地
屋旁盛开稻谷、络麻与桑梓

一声"开河"嘹亮天穹
起初的浅都变成深
铭刻成年华里一条启程的河

牛拖船写下的书信
横河用春日沾水的驳岸念出
落在闲愁里的你的名字
是追寻往事的燕子
有时剪落云彩
有时掠起涟漪

与直河
仿佛是两道目光的遇见
在南庄桥的圆拱里
交汇出小镇最清亮的黎明
船来了
它冲开晨光
而河水依然交织

◇乡　愁

明亮、执着
是我眺望一条河的目光
穿越植满青龙山坡的卷柏
拂过茶亭禅寺外
泥土气息，与花的绯色
一并抵达

一名诗人一条河

河的东面是另一条河
它们合唱同一种乡音奔赴江海
反复提及横蓬村、雷山村和南翔村
而桥是一条河成年的喉结
在岁月闪光的地方
用洪亮的声音
喊出村庄的名字

东风村、南丰村、远大村
炊烟里升起定义好的愿景，守望阡陌
芦苇撩拨日光
那些来不及耀出水面的往事
沉淀成记忆
这是一条植入了乡愁的神经
每触到思念里的痛
便如雨后的赭山红泥
缩紧了每一寸有根的皮肤

四甲河三章

许志华

◇因为四甲河

因为四甲河
是时间中的一条河
一座说萧山咸话的小村庄
静静地消失在长河拐弯处

因为四甲河
是向源头回溯的一条河
她的柔波里闪耀着旧时光的影子
而河底的水藻间
藏着一座记忆的开发区

因为四甲河
是前进中的一条河
和这片土地上的所有河流一样
她歌唱一只白鹭飞过岸畔人家的悠缓
她还歌唱一座新城向天空生长的蓬勃

◇三月的四甲河

三月的四甲河

一名诗人一条河

一股俊朗潇洒的清流

在僻静的建设四路
她将塔吊群的脉动和油菜的烂漫
酿成一壶都市田园的美酒

在水光潋滟的信息港公园
她从起于水湄的信息流中
抽出几丝灵动的旋律
为捕捞梦想的孩子
凌空架起一座蝶翼般的仙境之桥

在青友亭以南的"留白"区域
她幻化成一只在天空漫步的四甲河风筝
像一管饱蘸浓墨的羊毫在春风里潇洒地游走

在写,时代的弄潮儿对故乡的赞颂
在写,将光辉的诗篇写进古越的苍穹

◇倾听四甲河

有咸咸的海风的声音
有独木舟划过八千年的声音
有卧薪尝胆的越人的声音
有星光照亮唐诗之路的声音
有《回乡偶书》长二千五百米的一截回声

有鸡毛鸭毛换糖换尼线的声音
有落日挽留炊烟的声音
有河流向工业区呼救的声音
有向四甲河打探春消息的声音
有七甲河的璀璨联袂而来的声音
有梦想拔节生长的声音
有梦开花的声音

有雄性的萧山大地
迎着旭日奔跑的声音
听,风在风中奔跑的声音

哦,四甲河
你是古老的钱江潮养在
萧山闲话中的一匹
柔柔的澎湃

我只想在你身边坐一会，大治河

谷　耕

大概就是这条傻乎乎的笔直的河流
像我一样，耿直地穿越过大地上的纷扰
用一条河的本能

我问刚刚路过闸口的打鱼人
"这条河通向哪里？"
"当然是钱塘江了！"他笑起来傻傻的
鱼尾纹哗哗地瞬间成了一条条
通往明亮的河

朝霞、暮云在六十年前就开始浅浅着色
每当时光细细的，成为一根根柳枝倒垂的时候
也许正是这时光最爱这从不蜿蜒的时候
大治河，每一朵禁不住的浪都是你
敬献给日月的花

枝干到了这时才开始悄悄地发芽
每一个秘密都想穿透树皮呐喊
惊飞的白鹭和我昨晚梦见的星光不太一样
冷了的暖了的，遗忘或者记着
都不能阻挡这条看似平静的河流

等到清晨诸界渐寒

有人扛起行李掩上家门。有人在路边

点一根烟像还在深夜,有人在岸上晨跑

有人拉开紧锁的厂房大门开动机器

有人在河埠洗涤旧衣服上的尘埃

带着欢歌笑语,家长里短和倒影的浮光

我的躯体甚至和你一样随波逐流

有的已然腐朽死去,有的正经历着

激流的挣扎

昨日你戴着神的光环

雨点是亲过你脚指头的小鱼群。昨日不知

哪个帝王般的人物赐你"大治河"之名

今日你不停地流动,流动

因为你觉得昨日太平凡

大治河,冬天其实早已可以忽略不计

因为你的躯体流淌

我们将永远不会结冰

风把在岸边种花人的头巾吹散了

挖掘机扬着地平线上弯曲的手臂

养蜂人撒开蜜蜂

像在一片油菜花田上绽开另一片花

那些连着填海造田的潮汐以及

大海装满的狂风暴雨

磅礴的故事最终总想归宿于文字的河

一名诗人一条河

没入水面的河床是因为有了寂静的信仰

大治河,请原谅桥
和我们一起笨拙而固执地横穿过你
车来灯往的光像流过桥面不知去向的河
靠着桥栏我们弯身看见月亮
在人间的模样

不知道为什么要在这样的夜里睡着
就像睡着后不知道为什么
要在犹豫的白天中醒来
田埂旁,我听见小虫们的歌声
我想靠近去听这岁月变成时间的声响
一朵看似弱不禁风的小花
胆敢在河岸边拦住我的去路

大治河,清风徐来时我还是忘不了来看你
在对岸空寂处我们徘徊良久
微风渐静。忽来了一层浮云
那些盛宴后的一张张面孔
一群人散去,像是去晴天也像是去下雨
也许我会穿上霞彩的衣服来和你道别
或者一脸忧郁像一滴清晨的露水

每当日月俯视你,我只想流水一样随着你
世事荣辱盛败依旧,而你柔软
永不腐朽的水面

有时候我沉醉于你的边缘
不经意的弯度,那些天然勾画出的弧线
像极了一个故事开头和结尾之间的起伏
大治河,我已经赶了很远的路
只想在你身边坐一会
浪起浪落像极了一生匆匆起伏着的时光
为什么还要去赶那么遥远的路
我和一旁的风说

先锋河东段行吟（组诗）

王葆青

◇一

人类在肌肤上刻下的痕迹
适于个体丈量，用脚步丈量苦痛
会加深痛感，可我还是耐着性子
走完，对于这条脱缰的河流
我并未停止揣摩，一如我曾经
流连分界，寻找鞭策

◇二

这条河流具备江海的特性
我来三堡时会想起浪潮、波澜和血性
想起圈禁，圈禁桀骜不驯或未知的事物
需要胆略、蓝图和绥靖之策
要让这股贴地而行的托举成为
转运，惠泽，而不是泛滥
和始乱终弃

◇三

回到撂荒的状态总是揪心

这条水道带着那么多荣耀,屈辱
相伴相生的徽章和脚镣相互磨损
质问和角力加于具象,肢体扭曲
以至于不能承受最轻的分量
因为这二者之间曾生嫌隙
稍不注意便会失手

◇四

许多脚步跑过来,有许多双手
试图弥补,试图拯救这件衮袍
可提携的纲领隐在深处
谁都不能期待再一次下魔注
或加以雕镂,它早已血流如注
我宁愿用书写替代刻刀

◇五

大匠们在思考,神情专注
这曾经精卫填海的涯岸很近
也很遥远,因为年轮介入
把惰性因子放大,死角增多
突然一个声音响起来,"我们擦洗吧"
另一个声音立马呼应,"我们该节制"
于是,人类和河流一起苏醒
并互相观照

◇六

这透明、翡翠的断面便是成果
作为鉴赏者,我看她嘴角上翘
眼神俏皮,顺便我也看到自己
因为不再懒散,学会相互欣赏
并行激励,你我都学会回到本原
回复最初略带咸涩的沃流
回到母乳和婴儿

◇七

欢欣,刀工,刀尺和线条
都相辅相成,我再一次贴近
母性的美,即便隔着舞台
视线也能随土方一起掘进
延伸,那把无形的钻头
它的硬度和准星契合着我
不由得我不回头,一如
海蜇面对深海洄游

◇八

曾经都是璞玉,触须的毛面
纹理在深处,打磨后的光华
依然能疾速地驰驶,自由自在
无须驾驭,仿佛极地之光

在曾经的荒原上锃美
像光辉的誓言
请允许我用再次行走
加重砝码的分量

光明河：每一滴水都是太阳

半　文

沙地说,要有河
人们举起手臂的丛林
在大地赤脚奔走,于是
就有了河

沙地说,要有光
银河垂落,倒灌在一条
河的脸上,于是
就有了光

于是,沙地有了一条
叫"光明"的河。河边长满了
光明草,摇摆着甩巴一样的
头颅,唱着关于光明的歌谣

列队站立的光明草的叶尖
举着一粒晶莹的露珠
像托着一个小小的太阳
太阳闪亮,大地像天堂

在河边,除了光明
还能看见什么
一河的光明,奔向未知的远方
远方是光明的尽头和起点

河流流经光明的村庄
光明的农家,光明的沙民
光民的猫、狗、鸡、鸭
苦楝树上,喜鹊的第一声叫
是光明,像刚起床的太阳光

竹梢摇着风,是光明的风
从光明处来,到光明处去
风吹过的每一张脸,都是光明的
带着明媚的笑

小划船的桨,是一片木叶
在斗笠下上下翻飞
摇碎一河光明
星星飞翔

鸬鹚们舞动命运的翅膀
钻出光明的河面
唱着一首古老的歌谣
"关关雎鸠,在河之洲"

那一首古老的歌谣啊

一名诗人一条河

唱了三千年,依然光明得
像刚点亮的爱情
有着让人不敢直视的热度

是水就要走向大海
是水就要夺路而逃
怀抱着光明,守望着光明的
每一滴水,都是太阳
有着光明的方向

穿过光明闸,流过光明树
拂过光明的额头与指尖
在一道道光明的眼神里
一条光明的河流,奔向大江

那条叫"钱塘"的大江
是一条更加光明的河流
河纳万物,有阳光,星光
有无穷的宇宙的无尽的光芒

只有站在河边的时候
人们才会切身体会
一条河,可硕大如斯
光明如斯

河边,一个人,一根杆
一条细线,一个钩

钓一条光明的河
一尾光明的鱼

鱼鳞在阳光的抚摸下
闪闪发亮。挂坠在钓线上的
模样,就像一枚刚打开的灯
拉线"叭嗒"一声,灯,就亮了

沿路而行,灯,一盏一盏
依次点亮。那些或蹲或坐或靠
在河沿上的人,像一只停在
枝头的鸟,点灯鸟

光明河,是一棵硕大的树
回忆如此清晰,在一条河里
洗一洗,就白了。一只一只
飞回,像黄昏归巢的鸟

白头翁来的时候,讲
"叫叫很爽!"杜鹃鸟来时
说:"光棍好苦!"有时也话
"打壶老酒喝喝!"

燕子刚回来,就承诺:
"不喝你家一口水,不吃你家
"一口食,只借在你家住——"
"住"字拉得好长

一名诗人一条河

好长的"住"字里,有沙地的腔调
沙地的鸟,说沙地的话
喝沙地的水。喝下光明河的水
叫声都是亮的,像叼着一腔
明媚的,春光

一只黄莺,站立河边最高的枝头
啼出眼泪,也啼出春天和花朵
忧伤的光明,随水奔流
波光点点

内心的野马,被河流牵引
奔向光明闸。光明的闸口一旦
打开。浪头涌动
浪尖,摇曳着光芒

每一声鸟啼,都是浪尖
每一片鱼鳞,都是悬崖
每一棵草,都是花朵
每一粒黑暗,都怀抱光明

一滴水,就是一个太阳
自光明出发,回到光明
光明河,是太阳河
我躺在无数个太阳之上,漂浮

不可复制的光明,被不断

重复。阅读一条河
像阅读一本,充满光明的书
开卷有路,光明流淌

清兮! 浊兮! 洗涤
每一棵草每一朵花每一尾鱼
每一个从天而降的眼神
一条河,游荡在沙地之上
像一条闪着光泽的鱼

东风河（组诗）

宓可红

◇一条以风命名的河流

它一头是河
另一头也是河
它的脉动，却轻易被不远处的钱塘江觉察

它映照柳树和岸边盛开的花朵
也映照生长的高楼和长亭
它不是镜子，却像镜子一样平静和客观

它流经四个村庄
也流经两个博览中心
它不是线条，只是世界在它身边铺开

它不以天空、星辰、白云命名
也不以大地、树木、花草命名
它叫东风，负责将每个季节都代言成春天

◇短　句

东风河，短促有力

一个由方向、气流、水滴组成的句子

是一只鸟在水面写下的标题
让一条条鱼注视着鱼钩领会

是一排柳树蘸水书就的诗句
让桥的倒影用桨声灯影吟哦

是一朵云在波心打上的注脚
让河畔的小径竖起春风的耳朵倾听

东风河,短诗一样悠长
一行就构成了完整的诗篇

◇东风河,我的先知

我不知道春天来了
东风河却先知了
它让广玉兰和柳树在枝头对我说

我不知道钱塘江的水暖了
东风河却先知了
它让利民河和五堡直河用水花告诉我
我不知道今年是否风调雨顺
东风河却先知了
它用涨涨落落不断提示我年成好坏

一名诗人一条河

我不知道鸟怎么飞了
东风河却先知了
它把水面铺平达到飞翔的高度

我不知道白云怎么飘荡了
东风河却先知了
它说水波深处是白云的故乡

我不知道月亮怎么升起了
东风河却先知了
它让树梢把月亮顶到河畔的亭子上

东风河
它不是我的母亲
也不是我的保姆
它是我的先知
它把预先知道的一切
用水位、用清澈、用倒影
用林中花园和交叉的小径
用东风作为它的传声筒
让所有在城市里日益迟钝的我
知道自己的耳朵和眼睛还通向着内心

先锋河行吟

李志平

1

一个时代的命运
是火光中舞动的锄头、犁耙
贫瘠的沙壤翻滚出绿色
萝卜缨、络麻杆的轻唱
拥抱着你奔涌入江
白花花的潮头,有千百双眼睛的希望
从此,你的名字
铭刻在了一部开天辟地的书中

2

公元 2021 年 4 月
钱江世纪城七甲闸

我惊诧你的多面
一边滔滔浩渺
一边静谧柔波
时间是巧手的画匠
金色的垂柳杏叶

晚归的白鹭举止优雅
穿梭着的是闹盈的步履
震颤着的是春天的心跳

3

这里是喧哗浩大的春天
高楼投影下巨鹰的翅膀
这是有你名字的那一年
黑黝的脸庞最淳朴的笑容
在这悸动的四月
你闪烁的泪光
迎接一个新生的成长

4

那从未消失的力量
在这春天的阳光下呈现
多年前,火光里的荡气豪迈
滋养两岸的青草红花
记忆在更迭中悄然成熟
艄公唇间明灭的烟火
或是
城市的灯光星罗棋布

落入心河的眼（组诗）

李沅哲

◇当我再次游过三月的岸边

春天已长出新的长发
它把对土地的这份偏爱
聚拢成一条河流

一滴来自星星的眼泪
穿透钻石色温柔的光线
撞进河，久别的拥抱

轻风握紧薄的细雨
在河面挤出笑眼
望向石岩山上那几撇淡蓝
爬上尾迹云搭成的云梯
我好像飞回迷彩闪烁的训练场
那是香樟木香一样滚烫的昨日

我自东湖拾起的那朵樱花
一寸寸长满心间
从梦里探向光明的桥洞

当我再次游过三月的岸边
春天的水草已长成一块儿心形
宛居十字江河水中央
一条伸向梦里的东湖
一条从湘湖的足底蔓延,去向
钱塘江的另一只眼睛里

◇散步在三月

犹如路过一棵参天,结着金果的大树
向河岸初开的垂丝海棠
投射满目的宠溺

犹如绿意涌动的春景,在无数
不经意的瞬间
轻洒一路的素白
阳光时而跳进风的影子里,和树叶捉迷藏

犹如春雨拨动时针与秒针
孩子在时间的泥土里拔节生长
那些生动的字眼有多甜

犹如凌晨四点,我飞舞的笔迹
跑出一曲清脆的鸟鸣
我猜,一定是金秀桥上那只蝴蝶
把它搬进了我的窗台

◇回 应

什么是真实
躺在天河的月亮船捆绑眼睛

夜晚比白天更真实
那座破败的老宅是真实
藏在洞穴里的瓦片和坛罐是真实
没过腰身,芦苇丛脚下的土地是真实

我不愿,太快了解那些真实
因为,这如同打碎一只
费尽周折得来的
雕花陶瓷碗盏

◇等

点点鸟影在天空起伏人字
写下一篇等待了四季的约定

锤头、剪刀、轰隆机
钻进锁住文明基因的泥水塘
木桩将叹息沉入水底
就地在河岸,围成静候的栅栏
守住来处,为那远行的星光